Patrick Verdure

Le planqué

Roman

Edilivre

N° d'impression : 201370

« L'homme est la seule créature qui refuse d'être ce qu'elle est ».

Camus. L'homme révolté.

Prologue

En cette fin d'après-midi d'un dimanche de l'hiver 2010, Fabrice Deldon – un homme d'une soixantaine d'années – s'extirpa d'une sieste qui avait accompagnait un énième « Vivement Dimanche » de l'inoxydable Michel Drucker et se dirigea dans la cuisine pour se faire un nespresso. En regardant par la fenêtre qui donnait sur le jardin, il remarqua des pas dans l'allée enneigée qui conduisait à la maison qu'il avait fait aménager pour accueillir sa mère. La vieille dame ne sortait plus guère maintenant, et bientôt la neige deviendrait boue et l'empreinte de ses pas s'effacerait. Il devait lui rendre visite avant qu'il ne soit trop tard.

Il savait depuis longtemps qu'elle avait des choses à lui dire ; des réponses aux multiples questions qu'il avait maintes fois posées, et restées sans réponse. Peut-être cette fois-ci se sentait-elle en mal de confidences et chercherait-elle à lui révéler ce qu'elle cachait depuis si longtemps et dont il sentait confusément qu'elles pesaient sur sa conscience.

Fabrice Deldon endossa sa parka et se rendit chez sa mère. La porte était entr'ouverte en dépit du froid hivernal. La vieille dame l'accueillit en lui versant d'emblée une tasse de thé. Elle était visiblement heureuse de recevoir son fils.

– Je ne te vois plus guère ces temps-ci. Mais ce n'est pas un reproche, précise-t-elle.

Fabrice se justifia invoquant ses affaires qui l'accaparent, les déplacements à l'étranger, et le temps qui passe si vite. Le dialogue a du mal à s'engager. Après avoir avalé quelques gorgées de thé, et pour sortir des propos anodins de circonstance, il lança à la vieille dame qui semblait attendre sa question :

– J'ai l'impression que tu as quelque chose à me dire.

Loin de lui l'idée de faire pression sur la vieille dame pour l'amener à dévoiler des non-dits qui avaient jusqu'à présent alimenter ses incertitudes sur le parcours de sa famille pendant le Guerre. Mais maintenant le temps était compté, et faute de ces informations qu'il avait maintes fois sollicitées en vain, il reprendrait bien vite le cours de sa vie active, et le passé resterait à jamais lettre morte.

Il fallait en venir au fait. Il avait appuyé sa phrase d'un sourire complice pour encourager sa mère à enchainer le propos.

– C'est vrai, confesse-t-elle. Tu m'as souvent interrogée sur les années de Guerre et je sais que ta curiosité n'a pas été satisfaite. Je t'ai très peu dit à propos de ton père, que tu n'as pas connu.

– Je sais seulement qu'il est mort à la fin de la guerre, en 1945, quelques jours avant ma naissance. C'est l'essentiel, non ?

– Bien sûr, mais il faut que tu saches toute l'histoire…

Elle s'arrêta de parler ; elle avait des difficultés à respirer et devait fréquemment reprendre son souffle.

– Il faut que tu saches que ton père était Affecté Spécial pendant la guerre.

Elle avait lâché cette phrase et prononcé ces mots comme un aveu que l'on délivre pour se libérer d'un fardeau.

Fabrice Deldon se contenta de manifester sa surprise par un haussement de sourcils interrogatif, mais ne releva pas, ignorant la signification de cette annonce : « Affecté Spécial ! ». Il attendait que sa mère explicite son propos.

Ce qu'elle fit sans qu'il eût à la relancer :

– Un Affecté Spécial était un Appelé qui a été maintenu à son poste civil lors de la Mobilisation Générale. Il n'a donc pas été envoyé sur le front des combats à la déclaration de guerre en septembre 1939.

Elle reprit son souffle rapidement pour ne pas laisser à son fils le temps de l'interrompre. Il fallait qu'elle aille d'un trait au bout de son explication.

– C'était nécessaire tu comprends. Il fallait des spécialistes en usine pour produire les armes et les équipements militaires qui faisaient cruellement défaut à l'armée quand la France a déclaré la guerre.

Elle marqua un temps d'hésitation avant d'ajouter d'une voix à peine audible :

– Mais, pour beaucoup, tout homme mobilisé en usine ne pouvait être qu'un planqué !

Fabrice reçut ce mot comme un coup à l'estomac. Tous les phantasmes qu'il avait entretenus tout au long de son enfance sur la mort de son père allaient-ils s'effondrer dans cet aveu tardif et peu glorieux ?

Il n'eut pas le courage de questionner davantage la vieille dame qui à l'évidence ne dirait rien de plus. Il avait compris qu'elle avait franchi un cap qui lui avait coûté déjà bien des efforts. Elle manifestait des signes de fatigue.

Quelques propos s'échangent encore, en dehors du sujet évoqué comme si cette révélation ne le concernait pas, mais aussi pour la rassurer et lui manifester toute l'affection qu'il a pour elle.

Il l'embrassa sur le front et repartit en disant « A bientôt Maman ».

A partir de ce moment, Fabrice Deldon va chercher à comprendre, remonter le temps et démêler l'écheveau d'une histoire chargée jusqu'alors d'obscurs non-dits.

Première partie

Affecté Spécial

Samedi 18 décembre 1940, à Boulogne Billancourt.

Dans la France occupée depuis la débâcle de l'armée française et l'armistice de juin, Madeleine revient ce jour-là du marché avec quelques provisions dans son cabas. Elle est enceinte et progresse lentement dans la cour de son immeuble, vêtue d'un long manteau gris, la tête couverte d'un fichu de laine.

Madeleine est une petite jeune femme brune à cheveux courts, nerveuse et décidée par tempérament. Elle a toujours consacré à son foyer l'essentiel de ses attentions depuis son mariage en 1937, aboutissement d'un parcours laborieux et méritoire. Fille de petits cultivateurs normands, elle s'est forgée une ligne de conduite depuis qu'elle a quitté le collège, puis mené des études de sténodactylographe. Embauchée dans une petite entreprise de négoce de légumes de banlieue parisienne, elle a mené une vie sans histoire, loin des flonflons, des fêtes et distractions. Il aura fallu attendre les évènements de 1936, le Front Populaire et les congés payés pour qu'elle sorte, se mêle et participe aux agapes du moment. C'est d'ailleurs en accompagnant une collègue de bureau dans un mouvement de soutien aux grévistes de Renault, aux heures chaudes du Front Popu qu'elle rencontrera François. Ils se marieront l'année suivante.

La concierge sort de la loge à son approche ; elle lui tend une lettre, dont elle a visiblement identifié l'origine au vu de l'affranchissement spécifique aux prisonniers de guerre :

La concierge :

– Ma petite Madeleine il y a une lettre pour vous. Elle vient d'Allemagne ; c'est de votre pauvre François j'imagine ! Il a eu quand même plus de chance que mon petit neveu ; lui s'est fait tué en mai dernier dès les premiers combats sur le front de la Meuse. Heureusement qu'il y a eu l'Armistice … Quel soulagement, on y serait tous passés sinon ! lance-t-elle en poussant un coup de balai rageur.

Elle enchaine :

– Et pour François comment ça s'est passé ?

Madeleine ne peut se soustraire à cette inquisition de la vieille concierge, curieuse comme il se doit.

Madeleine :

– François a été fait prisonnier, lui. Maintenant il est en captivité ; il a été affecté dans une ferme du Bade Wurtemberg. Je sais peu de choses encore. C'est pour ça que je suis pressée de lire enfin une lettre de lui, coupe-t-elle, façon pour Madeleine d'écourter la conversation.

*

* *

Elle regagne un petit appartement sans grâce mais propret où elle vit seule désormais, dans l'attente d'une naissance prévue pour le printemps prochain.

A peine a-t-elle posé son sac qu'elle ouvre la missive avant même d'ôter son manteau. Elle s'assied devant la table de cuisine couverte d'une toile cirée immaculée où trône la photo d'un soldat d'infanterie. Elle lit la lettre qui n'excède pas les 21 lignes règlementaires autorisées aux prisonniers de guerre pour leurs échanges épistolaires :

« *Ma chère Madeleine*

Comme tu le sais maintenant je suis affecté dans une ferme réquisitionnée pour approvisionner les troupes allemandes. C'est une grosse exploitation agricole, ferme d'élevage de cochons, de vaches, de volailles. Nous sommes un groupe de prisonniers de guerre ; il y a des belges, des hollandais et même quelques polonais. Les conditions de vie sont difficiles mais nous sommes bien nourris et partageons une cabane réservée aux prisonniers de guerre. La surveillance est assurée par d'anciens combattants allemands. Le travail est pénible, comme tu peux l'imaginer, lever à 5 heures et 12 à 13 heures de travail par jour. Mais nous ne subissons aucune brutalité ni sévices. Ne t'inquiète donc pas pour moi.

Ce qui me préoccupe le plus c'est ta santé et notre enfant que je ne verrai pas naître. J'espère que tu prends bien soin de toi et de l'enfant, et que toute la famille t'apporte son appui dans ces temps difficiles.

Je pense à toi. Je t'embrasse très fort »

On sonne à la porte ; un signal convenu lui indique que c'est son jeune frère Romain qui est là. C'est un grand réconfort que les visites quasi quotidiennes de Romain. Il est étudiant, dispose de temps libre en ces temps troublés et ne manque jamais l'occasion de rendre visite à sa sœur.

Madeleine :

– J'ai reçu une lettre de François lui dit-elle, désireuse de partager les nouvelles si rares avec ce frère plein de sollicitude.

Romain lit à son tour, attentivement.

– C'est plutôt rassurant malgré tout. Même si François n'est pas un garçon très expansif, il semble qu'il ait échappé au pire, finit-il par dire, cherchant à lui apporter un peu de réconfort.

Madeleine :

– Je le connais tu sais. Il n'est pas du genre à s'épancher sur ses malheurs. Il est plus préoccupé par ma santé et le bébé : ça lui ressemble bien. Mais je ne suis pas certaine qu'il dise tout ce qu'il subit.

Elle replie soigneusement le document qu'elle dépose délicatement dans une boîte à biscuits qu'elle réserve à cet effet.

Romain :

– Je pense que ton mari souffre surtout de ne pouvoir assister à la naissance de son enfant, et de te savoir seule dans ces conditions. Mais on est tous là pour t'aider, notamment la mère de François qui t'aime comme sa propre fille je crois.

Madeleine réplique avec un certain agacement :

– C'est vrai mais ce n'est pas ma belle-mère qui peut remplacer mon mari. A ce propos je vais dimanche au repas qu'elle prépare pour toute la famille. Viendras-tu ?

Romain :

– Peut-être. On apprécie toujours la table ouverte de la mère Viviane surtout quand l'oncle agriculteur nous apporte les produits de sa ferme !

Madeleine :

– En tout cas il faudra que je lise la lettre de François, conclut Madeleine.

Sur ces paroles Romain prend congé après avoir embrassé sa sœur.

*

*   *

Ce même samedi de décembre 1940, sur un terrain de Bagatelle à l'ouest de Paris, une partie de football oppose l'équipe des « Renault » à une équipe d'Allemands composée de gardiens et de soldats en poste dans l'usine de l'Ile Seguin, qui est sous la tutelle de l'Occupant depuis l'armistice de juin.

S'illustre un grand gaillard, visiblement capitaine des « Renault ». Il marque le but de la victoire en dernière minute du jeu. C'est Jean-Louis.

Jean-Louis joue arrière central dans l'équipe des Renault ; une place qui convient bien à ce solide gaillard de vingt-huit ans. On dit souvent de lui qu'il est autoritaire, ce genre d'homme qui sait ce qu'il veut et ne lâche rien, supportant mal parfois les refus qui peuvent lui être infligés. Mais c'est un garçon direct, qui s'impose par un franc-parler qui accompagne son physique avantageux. Il a cette capacité à galvaniser des équipiers ou des collègues, vertu qui lui a valu d'être promu chef de bureau dans cette usine de l'Ile Seguin où il a été embauché dès sa sortie d'école.

De retour au vestiaire on commente le match. C'est le sport qui prévaut ; les antagonismes de l'Histoire sont oubliés pour un temps. Marcel, un équipier et ami l'accoste :

– En tout cas Jean-Louis tu as bien fait de mettre cette équipe sur pieds ; ça fait quand même du bien de se défouler sur un terrain de foot, surtout quand on peut battre les boches.

Il poursuit, prolixe de nature :

– En tout cas j'espère que maintenant on ne fera plus soixante heures par semaine pour les « cousins ». C'était pas la peine d'obtenir les quarante heures en 36 !

Il ajoute :

– Maintenant, moins on produira mieux ça vaudra.

Jean-Louis ne relève pas. En quittant les vestiaires, son copain Marcel l'interroge :

– Au fait comment va ton frère François ? Je le connais bien tu sais, on était arpette dans le même atelier avant cette putain de guerre. Je sais qu'il a été fait prisonnier aux premiers combats.

Marcel poursuit avec une sorte de dépit dans la voix :

– Il n'a pas eu de chance ; il aurait pu être comme toi et moi … Affecté Spécial !

Cette remarque de Marcel met Jean-Louis mal à l'aise. Il ne répond pas.

Marcel enchaine :

– Enfin c'est la guerre. Le sort en a décidé ainsi. Il fallait bien des Affectés Spéciaux en usine pour réarmer le pays et rattraper le retard … même si ça n'a servi à rien ! En tout cas j'espère que François reviendra bientôt de captivité pour la naissance de son petit ; c'était la grande joie de sa vie !

En se quittant, Jean-Louis décline l'invitation de Marcel à aller prendre un verre :

– Merci Marcel, mais j'ai hâte de la retrouver ma p'tite femme.

*
* *

Jean-Louis rejoint en vélo le pavillon qu'il habite sur les Hauts de Meudon. Une maison achetée avant guerre, cadeau de mariage des parents d'Anne-Marie quand elle épouse Jean-Louis.

Anne-Marie est ce qu'on appelle une jeune fille de bonne famille, d'une lignée de notables du Nord, éduquée dans une institution religieuse, comme de tradition dans la famille. Pour autant ses rêves d'adolescente la conduisaient davantage vers les musiques à la mode, le jazz, la biguine, les chansons de rythme. Elle est de tempérament gai, fantaisiste, avec ce côté « femme enfant » qui se sait protégée par un environnement qui semble à l'abri des vicissitudes de l'existence. Elle a l'insouciance de ces gens qui se laissent conduire dans la vie. Elle est jolie Anne-Marie avec sa chevelure blonde bouclée, attirante même quand elle joue de son corps en dansant.

Elle a connu Jean-Louis avant-guerre, en 1938 à l'occasion d'un tournoi de football organisé par le comité des fêtes de la commune dont son père était l'élu. Vite séduite par ce jeune homme élancé, athlète accompli, elle n'eut de cesse de le revoir et manifesta vite le désir de se marier. Elle trouvait en lui la sécurité dont elle avait besoin pour affronter l'existence. Elle avait alors dix-huit ans.

Tout en ôtant son survêtement Jean-Louis raconte distraitement le match à sa femme. Il sait pourtant pertinemment bien qu'Anne-Marie ne s'intéresse en rien aux ébats sportifs de son mari, mais elle feint de l'écouter, par convenance et parce qu'elle sait que cela lui fait plaisir de partager ce moment de détente.

Il se dirige vers la salle de bain où elle l'accompagne sous la douche. Ils cèdent à l'attirance physique qu'ils éprouvent l'un pour l'autre.

Ils font l'amour. Ils vivent un amour ardent et passionnel et ne manquent jamais l'occasion d'une étreinte.

Revenu au salon Jean-Louis trouve Anne-Marie au piano où elle fredonne un air à la mode, une chanson de Charles Trénet.

Elle lui rappelle qu'ils doivent se rendre ce dimanche chez la mère Viviane. Ils se réjouissent toujours de ces repas dominicaux qui préservent l'unité familiale.

Anne-Marie annonce à son mari :

– Madeleine a reçu une lettre de François. C'est ta mère qui me l'a dit au téléphone, mais rien de plus.

Jean-Louis se rembrunit et avoue comme s'il se parlait à lui-même :

– Je pense sans arrêt à mon petit frangin.

Après un silence il ajoute à l'adresse de sa femme :

– Tu comprends, on ne s'est jamais quitté. Du collège où nous étions ensemble pensionnaires jusqu'à notre embauche chez Renault on a eu le même parcours, et je l'ai toujours protégé ; j'étais le grand frère !

Il évoque alors un souvenir d'enfance qui le ramène quelque quinze années en arrière et traduit bien l'attachement et l'affection qu'il porte à son frère François.

Il commente l'action comme s'il la vivait encore :

Un beau jour dans la cour de l'école, pendant la récré, François jouait au marron, un jeu consistant à casser un marron attaché au bout d'une ficelle. François ayant tapé par maladresse sur les doigts de son adversaire, celui-ci plus costaud et soucieux d'affirmer son autorité, le molesta et le brutalisa.

– C'est un petit gabarit François alors je suis intervenu et j'ai cassé la gueule de l'autre. Il comptait sur moi François et je n'ai jamais manqué de l'aider.

Il marque un silence et ajoute avec dépit à l'adresse de sa femme :

– … et maintenant il est prisonnier en Allemagne, et moi, Affecté Spécial, je joue au foot à Paris !

Anne-Marie écoute attentivement son mari. Elle lui manifeste son affection en l'embrassant tendrement.

– Mais que serais-je devenue si tu étais parti ? Que serait devenu notre couple ? Je t'aime et j'ai besoin de toi Jean-Louis tu le sais. Ton affectation en usine était tout à fait justifiée ; tu n'as ni regret ni remords à avoir, mon Amour. Tout le monde pensait que la ligne Maginot et les Ardennes constituaient des obstacles infranchissables, rappelle-toi, conclut-elle en l'embrassant de nouveau.

Jean-Louis ne répond pas. Il aime sa jeune femme et ne conçoit pas la vie sans elle :

– Je t'aime, lui dit-il simplement. J'espère seulement que les nouvelles de François ne sont pas trop mauvaises.

– Nous le saurons dimanche chez Viviane. Madeleine nous lira sans doute sa lettre.

Ils en restent là et vont se coucher.

*

* *

Le dimanche suivant toute la famille se retrouve chez Viviane, la mère de François et Jean-Louis. Elle habite une grande et vieille maison située derrière la Halle aux Vins où son mari était négociant. Elle y reçoit régulièrement la famille ; sorte de rituel qui perdure même en ces temps de guerre.

Ils arrivent les uns après les autres. Jean-Louis et Anne-Marie sont arrivés les premiers, après avoir traversé Paris en tandem.

Puis l'oncle Fernand et sa femme : ils sont cultivateurs dans l'Oise et ne manquent jamais d'apporter légumes et volailles qu'ils destinent à toute la famille.

Arrive enfin Madeleine accompagnée de son frère Romain.

On s'embrasse. On s'enquiert de la santé de chacun, et surtout de Madeleine qui est l'objet de toutes les attentions. « Comment se passe la grossesse ? Ne manque-t-elle de rien ? A-t-elle des nouvelles de François ? »

Madeleine :

– J'ai reçu une lettre de François avant-hier, dit-elle, semblant ne pas vouloir en dire davantage.

Viviane intervient pour en savoir plus. Alors Madeleine lit le courrier de François. Un intense moment d'émotion plonge la famille dans le désarroi en écoutant Madeleine lire à faible voix les dernières nouvelles de François.

Le robuste oncle Fernand, sans doute moins émotif, rompt le silence :

– Ma petite Madeleine c'est un grand malheur. Mais quand même il s'en tire bien François : y a eu tellement de morts !

La mère Viviane enchaine :

– Mon pauvre petit il est prisonnier, c'est terrible, mais il semble quand même qu'il est bien traité en tant que prisonnier de guerre.

Des propos qui se veulent rassurants pour Madeleine. Mais celle-ci vit mal cette sorte de soulagement qui se dégage des paroles quelque peu lénifiantes des uns et des autres. Savoir François en vie et avoir échappé au pire leur parait être un réconfort que Madeleine ne partage pas.

Elle contient sa colère mais ne peut s'empêcher d'évoquer sa situation, la naissance prochaine de l'enfant, et les souffrances que François endure en captivité.

Madeleine :

– Vous le connaissez comme moi, ajoute-t-elle d'une voix étranglée. Il ne se plaint jamais mais je sais ce qu'il ressent : c'est terrible pour lui … de savoir que nous sommes ici ! Qu'a-t-il fait pour mériter cela ?

Elle évoque les différences de traitement entre les uns et les autres dans cette sale guerre :

– Pourquoi François est parti au front, a risqué sa vie, été fait prisonnier alors que d'autres mènent une vie presque normale à Paris ?

Pour autant Madeleine n'incrimine personne, n'évoque pas le statut d'Affecté Spécial de son beau-frère dont on pourrait croire qu'il sous-tend ses propos.

Le malaise est palpable, mais il y a plutôt dans sa voix un ton de désespoir, voire d'incantation contre le mauvais sort « qui touche toujours les mêmes », dit-elle.

On la calme ; chacun s'attache à la réconforter, à lui manifester sollicitude et empathie.

Viviane surtout réconforte Madeleine, l'assure de tout son soutien, y compris matériel, et rejette sur le cruel arbitraire du destin le mauvais sort qui a touché son fils François.

Jean-Louis, lui, se tient coi tout au cours de ces échanges : il souffre sans doute autant que Madeleine de savoir son frère qu'il aime tant et a toujours protégé, en captivité.

Il quitte la table et se réfugie un long moment au jardin.

Les derniers propos de l'assistance portent sur l'évolution de la Guerre et la politique de Collaboration engagée depuis la rencontre Hitler-Pétain à Montoire qui pourrait faire revenir les prisonniers !!!

Fort de ces propos, Madeleine se tourne vers toute la famille et déclare sur un ton qui ne laisse aucun doute quant à sa détermination :

– De toute façon je ferai tout pour que François revienne de captivité.

*

* *

De l'hiver 1940 à juin 1942, Madeleine et le couple Jean-Louis et Anne-Marie s'accommodent tant bien que mal de l'Occupation. Chacun poursuit son itinéraire sur la route que l'Histoire a tracée, mais des évènements se sont déroulés au cours de ces dix-huit mois.

*

* *

Au printemps 1941 Madeleine donne naissance à un petit garçon, mais François n'est pas revenu.

Au grand dam de la famille, il n'a pas été libéré, comme certains autres prisonniers l'ont été, des personnalités telles que Sartre ou Messiaen en 1941. Il n'a pu non plus s'évader, comme Mitterrand.

C'est au cours de la traditionnelle réunion de famille chez la mère Viviane que Madeleine lit la lettre dans laquelle François demande qu'on prénomme l'enfant Francis. Surtout il sollicite de son frère qu'il en soit le parrain.

Jean-Louis accepte de grand cœur. Il retrouve son rôle de frère aîné protecteur. Il apprécie cette marque de fraternité qui lui rappelle leur proximité de toujours.

On assiste au baptême du petit dont les photos seront envoyées à François qui doit savoir qu'on pense à lui, qu'il est toujours présent, et que des jours meilleurs viendront.

*

* *

Au fil du temps les conditions de vie de Madeleine se dégradent, seule pour élever son enfant en dépit de l'assistance que lui apportent les organisations d'aide aux femmes de prisonniers et le soutien familial qui se raréfie avec les difficultés de circulation qu'imposent les circonstances.

Dans les tout premiers jours du mois de mars 1942, Boulogne Billancourt et l'Ouest parisien sont sous une avalanche de bombes de l'aviation anglaise visant les installations industrielles – de Renault notamment – travaillant sous contrôle et pour le compte de l'Allemagne. Les dégâts matériels sont importants mais on déplore surtout plus de 500 victimes civiles.

Madeleine se trouve au cœur de cet enfer. Elle se rend aux abris avec son bébé pour éviter le pire. Elle y retrouve des voisins, mais aussi des gens qu'elle croise habituellement dans la rue sans même dire bonjour, qui en ces circonstances deviennent des confidents, avec lesquels on échange toutes sortes de propos. On dévoile des aspects de sa vie qu'en d'autres temps on aurait tus.

Madeleine se lie d'amitié avec un jeune couple qui ne manque jamais de lui apporter de l'aide dans ces randonnées nocturnes aux abris.

Quelques jours après ces heures chaudes Madeleine est invitée à leur rendre visite.

Bien qu'elle soit de nature plutôt méfiante, elle y trouve une occasion de nouer un contact de voisinage toujours utile. Elle s'y rend donc avec son bébé.

L'appartement, proche de la Porte St Cloud est vaste, austère mais richement meublé, canapé plein cuir et bibliothèque marquetée dans le salon.

L'homme s'appelle Thierry. Il se présente comme fonctionnaire au Ministère de l'Intérieur, une administration qui est à l'époque sous la coupe de l'équipe Darlan et du Ministre Pucheu. Sa femme Solange ne travaille pas.

Après les propos de circonstance, Thierry ne tarde pas à évoquer la captivité de François :

– J'imagine ce que représente pour vous cette situation Madeleine, avec le bébé et sans votre mari. J'admire votre courage.

Jamais pourtant Madeleine ne s'était épanchée sur ses malheurs ni n'avait sollicitée le moindre apitoiement. Ce n'était pas dans sa nature.

Thierry poursuit :

– Ce serait une grande satisfaction si François pouvait être libéré, n'est-ce pas ?

Madeleine ne peut qu'acquiescer à ces propos inattendus.

Il enchaine :

– Certains prisonniers reviennent, Madeleine. Savez-vous par exemple que la patronne du restaurant qui a permis d'identifier l'auteur de l'attentat de Nantes en octobre 41 où un officier allemand a été assassiné, a vu son fils revenir de captivité en récompense de ses informations ?

Madeleine ignore ce détail dans l'affaire de Châteaubriant où une cinquantaine d'otages ont été fusillés à titre de représailles, dont Charles Michels et le jeune Guy Moquet, choisis parmi les communistes internés au camp de Choisel-Chateaubriant.

– C'est pour éviter cette odieuse pratique des otages que nous faisons en sorte de prévenir de tels actes de terrorisme contre les Allemands, enchaine Thierry.

Madeleine reste interdite devant un tel discours dont bien des éléments lui échappent. Où veut-il en venir, se demande-t-elle ?

Il poursuit :

– Il ne faut pas oublier que la France est tenue d'assurer la sécurité des soldats allemands sur notre territoire, en vertu de l'Armistice. Si nous n'assurons pas nous-mêmes cette sécurité, les Allemands s'en chargent en prenant des otages. Il faut stopper cet engrenage attentats-représailles.

Madeleine en convient d'un simple signe de tête. Elle attend la suite. L'homme reprend :

– C'est pour cela que nous devons signaler les auteurs possibles d'agression ou d'actes graves de sabotage. Bref, il faut dénoncer aux Autorités les projets d'agression contre l'armée allemande pour éviter le pire.

L'homme marque un long silence. Sa femme fait diversion en proposant à Madeleine un verre d'eau agrémenté d'un peu de grenadine, façon de nouer une certaine complicité. Elle accepte, puis interroge :

– Mais pourquoi me dites-vous tout cela ?

Thierry :

– Chacun d'entre nous peut contribuer à apaiser le climat des relations avec nos occupants. Et toute action civique mérite récompense, Madeleine.

Après un temps il enchaine :

– Et en ce qui vous concerne, la récompense serait sans aucun doute le retour de votre mari.

Tout s'éclaire maintenant dans l'esprit de Madeleine. Elle ose une question qui s'impose maintenant à elle, qu'elle ne s'était jusqu'à présent jamais posée.

– Mais que faites-vous au juste au Ministère de l'Intérieur ?

Il répond avec sérénité et franchise :

– Je suis au Service du Renseignement. Je débusque avec la Police les auteurs d'attentats, tous ceux qui peuvent mettre en péril notre sécurité intérieure, pour éviter cet engrenage sanglant qui touche des otages innocents.

Jamais le mot « dénonciation » n'a été prononcé mais Madeleine l'a en tête. Elle se garde bien de l'évoquer pour permettre à cet homme de poursuivre son discours et savoir où il veut en venir à son propos.

Après tout, se dit-elle, si le retour de François n'est qu'au prix de quelques informations anodines sur les allers-venues des voisins il n'y aurait pas de quoi perdre son âme.

Elle questionne :

– En quoi suis-je concernée et à quelles conditions mon mari pourrait-il être libéré ?

L'homme feint de réfléchir à une réponse pertinente qui puisse lever la méfiance qu'il perçoit chez Madeleine.

Thierry dévoile alors toute l'opération qu'il a en tête.

– Nous savons que Renault est un foyer de communistes et de saboteurs. Peut-être avez-vous gardé des contacts avec d'anciens collègues de François. Il nous serait utile de les identifier pour les surveiller et éviter des débordements. C'est l'intérêt de tout le monde, croyez-moi.

Madeleine :

– Vous me demandez de dénoncer des collègues de mon mari si je comprends bien ?

Thierry relativise les propos de Madeleine :

– Il ne s'agit pas de cela. Il faut se dire que c'est une mesure de sécurité. De toute façon vous ne serez jamais mentionnée. Tout cela reste parfaitement anonyme.

Il se veut plus convaincant :

– Votre mari a sans doute connu des communistes qui se sont illustrés avant guerre dans les luttes syndicales, dans les grèves du Front Populaire par exemple. Il y avait chez Renault un journal qui s'appelait « Le Bolchevik de Renault » : peut-être que François a connu ses responsables. Ce sont certainement maintenant des saboteurs qu'il faut surveiller.

Madeleine se souvient de cette époque encore heureuse où elle avait précisément connu François autour des casse-croutes qu'on apportait aux grévistes.

Elle n'en dit rien. Voire, elle corrobore les propos de Thierry :

– Oui c'est vrai j'en connais quelques uns. Certains viennent même me rendre visite et prendre des nouvelles de François. Mais je dois réfléchir à votre proposition. Ce n'est pas si simple vous comprenez.

L'homme :

– J'en conviens, mais pensez aux enjeux : le retour de votre mari et moins d'otages. Réfléchissez Madeleine mais ne tardez pas ; chaque jour compte maintenant.

*

* *

Le soir même Madeleine fait part à Romain de cette rencontre et de ce marchandage qui pourrait faire revenir son mari.

– Je n'ai pas du tout l'intention de me livrer à ce jeu odieux, mais l'opportunité est bien réelle. Qu'en penses-tu ?

Ils en discutent longuement. De grands silences ponctuent leurs échanges où chacun tourne et retourne dans la tête les possibilités bien réelles de faire revenir François. Mais l'inattendu de cette situation est tel qu'ils sont l'un et l'autre tétanisés par l'importance de l'enjeu mais aussi les risques qu'ils courent. Madeleine pense qu'elle détient la clé du rapatriement de son mari ; mais ne peut se résoudre à pratiquer la délation qu'elle qualifie de « lâcheté des lâchetés ». C'est l'impasse alors que le temps presse et qu'une réponse est attendue par le fonctionnaire des Renseignements.

Romain est un jeune homme qui ne manque ni d'audace ni d'imagination.

Il échafaude l'idée de monter un leurre.

– Il faut jouer double jeu si on veut concilier l'inconciliable, à savoir faire revenir François sans trahir ses amis !

Romain poursuit :

– Je crois que le mieux est d'en parler à Jean-Louis. Il est dans la place. Il doit connaître tous les gars susceptibles d'intéresser « ton collabo » !

Madeleine s'empresse de rectifier :

– Ce n'est pas « mon collabo » comme tu dis ! Tu sais bien que je ne suis pas de ce bord là. J'ai passé mes meilleurs moments avec tous ces ouvriers qui sont mes amis et surtout ceux de François, même si beaucoup sont des communistes et que je ne partage ni leurs idées ni leurs façons de faire.

Ils conviennent que le lendemain Romain se rende chez Jean-Louis pour évoquer cette situation nouvelle et inattendue.

*
* *

Romain est reçu par Jean-Louis dans le pavillon de Meudon. Anne-Marie assiste à l'entretien.

Il expose les faits et le dilemme.

Anne-Marie intervient. Elle n'a guère d'état d'âme :

– Si quelques noms de types dangereux pour tout le monde permettent de faire revenir François, il n'y a pas à hésiter. Après tout il s'agit juste de les surveiller.

Jean-Louis est plus circonspect :

– Je vais en parler à mon copain Marcel. Il connait mieux l'usine que moi, il est plus proche des gars de la base. De plus il est ami de François et devrait être sensible à cette opportunité de le faire revenir. De toute façon je ne peux pas me lancer seul dans cette affaire.

*
* *

Le lendemain Jean-Louis prend Marcel à part et lui relate la situation, en toute confiance.

La première réaction de celui-ci le surprend, compte-tenu de son implication et de son activisme dans les mouvements sociaux d'avant-guerre. Sans doute s'attend-il à ce que Marcel le dissuade de cette manœuvre. Il n'en est rien.

Marcel :

– C'est peut-être une bonne idée après tout, si on est certain de voir revenir ton frangin.

Puis il enchaine :

– Mais pour cela il faudrait que je connaisse le nom et l'adresse de cet Agent des Renseignements. Pour être certain qu'il tiendra bien sa promesse. Ne pas nous faire avoir.

Cette requête de Marcel semble tout à fait légitime ; le contrat doit être respecté des deux côtés ; il est normal que l'Agent des Renseignements soit clairement identifié pour se prémunir de toute usurpation.

Quelques jours plus tard ces informations sont donc communiquées à Marcel après que Jean-Louis les ait obtenues de Madeleine : nom, adresse et quelques informations sur les allers et venues de ce Thierry parviennent ainsi à Marcel.

En contrepartie celui-ci livre à Madeleine par l'intermédiaire de Jean-Louis quelques noms de collègues qui répondent aux profils attendus par l'Agent de Renseignements.

Après quelques jours d'hésitation qu'elle a partagés avec sa seule conscience Madeleine se rend finalement la semaine suivante chez Thierry avec les noms griffonnés de sa main sur une page de cahier d'écolier. Elle est apaisée par le fait que les noms qu'elle va communiquer lui ont été fournis par d'autres, ce qui l'exonère d'une responsabilité qu'elle n'aurait pu supporter seule. Maintenant, se dit-elle, c'est toute une chaine de solidarité qui joue en faveur de François. Cela la réconforte.

Thierry la reçoit toujours aussi courtoisement et la remercie en la félicitant pour son civisme, mais doit s'assurer de la validité des informations :

– Dès que j'aurai mené ma petite enquête je ferai le nécessaire pour le rapatriement de François. C'est une question de quelques jours, Madeleine. Soyez confiante.

*

* *

Le surlendemain l'homme du Renseignement invite Madeleine à revenir la voir, « *pour finaliser cette affaire* », lui dit-il.

Madeleine s'y rend en toute confiance, riche de l'espoir d'atteindre enfin son but.

A peine a-t-elle franchi le seuil de l'appartement pour cette ultime rencontre, qu'elle se trouve face à un homme qui a changé de visage. Il a les mâchoires serrées et le regard chargé de la haine de celui que l'on a osé duper.

Après vérification il avait découvert que ces noms correspondent à d'anciens ouvriers qui avaient été licenciés et s'étaient déjà engagés pour aller travailler en Allemagne afin d'échapper au chômage et subvenir à leur famille dans le besoin.

– Madeleine vous vous êtes moquée de moi. Ces noms sont bidon ; ces individus ne sont même plus en

France. Dans ce cas il faut me donner le nom de votre contact. C'est lui le responsable de cette supercherie. C'est sans aucun doute un terroriste.

Madeleine écarquille les yeux. Elle ignorait cela, n'avait pas imaginé qu'il puisse s'agir d'un grossier subterfuge, et assure ne pas savoir que ces noms étaient faux, ni connaître cet indicateur.

Puis elle ajoute, avec bravade :

– De toute façon je ne vous l'aurai pas donné !

L'homme sort de ses gonds devant cette attitude provocatrice. Il entre dans une colère où transparait sa vraie nature attisée par un sentiment de trahison :

– Vous avez eu tort Madeleine de m'avoir leurré. Maintenant non seulement vous ne reverrez pas votre mari de sitôt mais je débusquerai votre correspondant et son réseau ; ils se sont dévoilés maintenant.

*

* *

On apprend quelques jours plus tard qu'un fonctionnaire de Ministère de l'Intérieur, Collaborationniste convaincu, a été retrouvé assassiné dans le Bois de Boulogne alors qu'il faisait son footing matinal.

Les Allemands n'engageront pas de représailles pour cette affaire franco-française, à laquelle ils n'ont pas été mêlés directement, qu'ils qualifient de règlement de compte interne.

Quant à la Police Parisienne, elle mènera une enquête qui ne débouchera pas, et s'enlisera dans les procédures judiciaires, le Secrétariat au Maintien de l'ordre et la Milice ne sévissant pas encore.

Mais pour Madeleine rien n'a changé, et tous ces risques, ces turpitudes n'auront servi à rien pour elle. Son désarroi n'a d'égal que le sentiment de trahison par ceux-là même qui devaient l'aider dans cette démarche à haut risque dont elle n'avait pas conscience.

Elle est effondrée devant tant de veulerie. Elle en fait part à Romain qui lui aussi croyait en la réussite de cette opération :

– La bassesse n'a pas de frontière. Leur copain François aura servi d'appât pour accomplir leurs basses œuvres à mon insu. Je me rends compte que les engagements politiques valent plus que les amitiés personnelles. Ils ont préféré leur combat idéologique à la libération d'un ami. J'ai été manipulée. J'en ai la nausée.

*

* *

Entretemps Madeleine a reçu une lettre de François qui n'est guère réconfortante. Elle traduit une dégradation de sa situation.

Il y fait part des relations entre prisonniers qui sont souvent tendues. Il en arrive à demander à Madeleine de réduire les colis qu'elle lui envoie et qui sont souvent source de conflit dans le baraquement : le tabac notamment est l'objet de convoitises qui dégénèrent en bagarre, et François supporte mal les violences qui s'ensuivent.

Madeleine imagine une telle séance qui ajoute à sa souffrance les affres de l'incertitude quant au sort de son mari. Elle est inquiète mais ne l'exprime qu'à son jeune frère Romain qui lui rend visite régulièrement.

*

* *

Jean-Louis quant à lui continue de travailler à l'usine Renault, sous la férule de l'Occupant. Semblable à lui-même il ne fait pas de zèle au travail mais se comporte en travailleur sérieux, soucieux de respecter les cadences au risque sinon de sanctions qui pourraient le mettre à pieds, voire l'emprisonner.

Un beau jour (si l'on peut dire) un ouvrier de son atelier est menacé de lourdes sanctions pour avoir triché avec une pointeuse. Il a été surpris – ou espionné – alors qu'il pointait pour une demi-douzaine de camarades et faire croire ainsi à leur présence au travail.

Or les consignes sont strictes d'après l'Avis n°183 placardé dans les locaux de l'usine Renault :

« *Toute intervention sur les pendules, à l'intention d'un pointage frauduleux, expose son auteur au licenciement immédiat comme à des poursuites judiciaires* ».

Un groupe de camarades s'est réuni et a fait pression auprès des Autorités d'Occupation pour éviter le pire à cet ouvrier qui a pointé frauduleusement.

C'est Jean-Louis qui a mené cette action de défense en faveur de l'ouvrier.

Il a eu satisfaction, au vu de son comportement qui donnait du crédit à sa démarche en faveur de l'ouvrier incriminé. Bien sûr celui-ci lui en sait gré, mais Jean-Louis est regardé par certains comme un suppôt de la Collaboration.

Par ailleurs, de temps à autres Jean-Louis se rend le dimanche en vélo chez l'oncle Fernand, cultivateur dans l'Oise. Il va au ravitaillement, comme il dit. Non point qu'il se livre au marché noir, mais se débrouille comme tout un chacun pour améliorer l'ordinaire au profit de la famille et notamment de Madeleine. Il en rapporte des œufs, de la volaille, du lard et profite de la notoriété de cet oncle qui entretient de bonnes relations avec la gendarmerie locale pour passer les contrôles.

Quant à Anne-Marie elle rend visite – une fois par mois environ – à sa mère dans le Nord, qui est en « zone interdite » sous administration directe allemande, où la propriété de famille a été réquisitionnée par l'armée allemande depuis les premiers temps de l'invasion. Sa mère, son frère et quelques autres sont restés sur les lieux et n'ont pas pris les routes de l'exode en juin 40. En dépit des risques de voyages toujours incertains, Anne-Marie et sa sœur Lorette, munies de viatique allemand, rejoignent en voiture cette zone dont les accès sont interdits. Elles sont souvent accompagnées d'un officier allemand qui rejoint le Nord et leur facilite les contrôles d'ausweis.

Mais au-delà de ces tristes contingences Jean-Louis et Anne-Marie accordent à leur couple et à la préservation de leur amour l'essentiel de leur attention.

Anne-Marie n'entend pas céder à la morosité et l'inquiétude ambiantes. Elle ne manque jamais l'occasion d'entraîner son mari dans les cabarets et les théâtres à la mode où se produisent Maurice Chevalier et Sacha Guitry.

– A propos tu n'as pas oublié que samedi nous allons au théâtre de La Madeleine. Guitry joue sa pièce *Pasteur* ; il parait même qu'on peut chanter *La Marseillaise* à la fin du spectacle. Guitry a obtenu ça de la Propaganda Staffel, tu te rends compte !

Nonobstant le rationnement, le couvre-feu et les difficultés de l'Occupation, la vie culturelle et artistique n'en continue pas moins de se déployer dans Paris et le couple ne manque pas d'y participer.

*

* *

Tout au cours de ces longs mois l'antagonisme entre les familles s'est donc exacerbé.

Aux tentatives vaines de Madeleine à faire revenir François s'oppose l'existence du couple Jean-Louis qui s'accommode de la situation sans pour autant partager le moins du monde les choix de la Collaboration.

A la détermination de l'une en proie aux craintes quant à la vie de son mari en captivité, se heurte la passivité du couple qui subit les évènements en s'efforçant de « sauver les meubles » et de préserver leur quant-à-soi.

Chacun joue sa partition. Elle n'est ni la marque de l'héroïsme pour l'une ni celle de la lâcheté pour l'autre, mais seulement la volonté de part et d'autre d'accepter l'existence en lui donnant un sens ou simplement en la rendant supportable.

Toujours est-il que les chances du retour de François s'éloignent inexorablement en ce printemps 42, et Madeleine, en dépit de son impérieuse résolution que rien ne semble devoir altérer, n'y voit pas d'issue … Sauf à ce que l'Histoire s'en mêle.

*

* *

Deuxième partie

« La Relève »

Juin 1942.

Romain, en sortant de la fac de Droit où il poursuit tant bien que mal ses études, tombe sur une affiche placardée sur les murs de la capitale.

C'est une affiche signée de Laval, redevenu chef du Gouvernement en avril 42, qui dit ceci :

« C'est l'heure de la Relève.

Je sais que ce n'est jamais en vain qu'on fait appel à la raison et à la générosité des ouvriers de France.

C'est vers eux que maintenant je me tourne car c'est d'eux que va dépendre désormais le sort de nos prisonniers.

La femme qui verra son mari revenir éprouvera une émotion pleine de reconnaissance pour les hommes qui auront fait rentrer nos prisonniers ici. C'étaient les soldats pendant la guerre qui exposaient leur vie pour protéger le labeur des ouvriers. Aujourd'hui, par une de ces péripéties émouvantes qu'amènent les grands drames, ce sont les ouvriers qui peuvent rendre aux combattants le bien qu'ils ont reçu d'eux.

C'est la ***Relève*** *qui commence ! »*

Il se précipite chez Madeleine. Il imagine ce que peut signifier pour sa sœur cet appel à échanger des prisonniers de guerre contre des travailleurs français volontaires pour l'Allemagne : trois travailleurs volontaires contre un prisonnier rapatrié.

Romain, avec exaltation :

– C'est pour toi l'occasion de retrouver ton mari ; ça fait deux ans que François est en captivité ; il est père de famille, il est malade ! Tu ne crois pas qu'il pourrait bénéficier de ce dispositif ? Ce serait légitime et normal, non ?

Romain exprime tout haut ce qu'elle-même pense en son for intérieur à l'annonce de cette disposition, mais n'ose et ne sait comment l'exprimer.

A qui ? Comment ? Elle, pourtant toujours si déterminée se sent impuissante devant cette situation nouvelle. Elle semble finalement s'être résignée depuis deux ans devant cette fatalité qui a touché son couple.

Madeleine n'avait jusqu'alors pas réagi à cette annonce qu'elle avait pourtant entendue le matin même sur Radio Paris de la voix d'Henriot.

Elle ne s'était pas sentie vraiment concernée par cette « Relève ». Lassitude, force des habitudes, soumission à la fatalité l'avaient démobilisée depuis quelques mois.

Madeleine est désemparée :

– Que veux-tu que je fasse ?

Romain poursuit son idée :

– Il faut mettre Jean-Louis au pied du mur ; lui demander de se porter volontaire pour la Relève au profit de François, son propre frère.

Il poursuit avec insistance :

– Après tout il a bien su être Affecté Spécial au bon moment ; c'est l'occasion de manifester sa vraie fraternité dont il parle si souvent en évoquant son enfance !

Madeleine :

– Tu as raison. Mais peut-être Jean-Louis en a-t-il l'intention après tout. On ne sait pas !

Romain :

– Nous verrons bien. En tout cas je t'accompagnerai dimanche chez la mère Viviane.

*

*   *

Le dimanche suivant on retrouve la réunion de famille, dont la tenue s'est espacée au cours de cette période. La mère Viviane a insisté cette fois pour que tout le monde y soit.

Tous ont pris aussi connaissance de cette nouvelle disposition du gouvernement Laval. Affiches placardées, messages radios et articles de presse invitent les travailleurs français à se porter volontaires pour la Relève afin de satisfaire aux exigences de l'Allemagne qui manque de main d'œuvre car tous ses hommes sont mobilisés sur le front russe.

Après les retrouvailles et embrassades de circonstance, Madeleine fait part des dernières nouvelles reçues de François.

Les conditions de captivité sont de plus en plus pénibles, commente-t-elle après lecture de certains passages édifiants du courrier. Elle pleure avec retenue, sans effusion excessive.

Puis, recouvrant sa combativité, Madeleine lance :

– Cette Relève pourrait être l'occasion pour François de revenir de captivité, non ?

La mère Viviane enchaine immédiatement pour conjurer un silence qui mettrait tout le monde mal à l'aise.

Viviane :

– C'est sûr que ce serait formidable. D'autres ont bien été libérés, l'année dernière. Pourquoi pas François ?

Madeleine insiste :

– Il ne s'agit plus maintenant d'attendre une libération. Il s'agit d'échanger des prisonniers de guerre contre des volontaires français pour aller travailler en Allemagne.

La discussion s'engage, mais on perçoit bien qu'en arrière-pensée chacun pense à Jean-Louis comme volontaire possible pour la Relève.

Mais celui-ci se tait.

Pour faire diversion la conversation porte sur des généralités, sur l'évolution du conflit qui a pris un tour nouveau en cet été 42, comme s'il fallait éviter de ramener la discussion au cas des deux frères.

Il est vrai qu'à l'époque il y a tout lieu de penser que les hostilités basculeront au profit des Forces Alliées : l'Amérique est enfin entrée en guerre depuis six mois maintenant, les allemands ont été stoppés à Stalingrad, défaits à El Alamein, et l'armée de la France Libre, héroïque à Bir Hakeim, commence à prendre consistance après les tournées mobilisatrices de de Gaulle en Afrique pour rallier les troupes coloniales.

Bref l'espoir renait timidement même si les années les plus noires sont encore à venir.

Mais Madeleine n'en a cure de ces considérations générales sur l'état du conflit, qu'elle ressent comme une façon d'échapper au seul problème qui la préoccupe.

Elle y coupe court pour connaître la position de chacun et surtout dévoiler les intentions de son beau-frère, et le mettre au pied du mur.

Elle se tourne vers lui.

Madeleine :

– Tu ne crois pas, Jean-Louis, que tu pourrais Relever ton frère. Après tout le sort aurait pu être inverse ; et je crois vraiment que François l'aurait fait à ta place. Ton statut d'Affecté Spécial t'a permis d'échapper au combat. Soit ! Le sort en a décidé ainsi. Mais maintenant l'équité pourrait être rétablie et le mauvais sort qui nous a touchés, ton frère, notre bébé et moi pourrait être conjuré.

La tension monte après cette diatribe de Madeleine.

Jean-Louis garde toujours le silence, tête baissée, comme s'il ne voulait pas entendre.

Anne-Marie, sa femme, prend alors la parole, sur un ton excédé :

– Personne n'y croit à cette Relève. C'est une idée de Collabo ! réplique-t-elle avec une véhémence qui ne lui ressemble guère.

Cette fin de non-recevoir qu'opposent les propos définitifs d'Anne-Marie va exacerber la colère de Madeleine. Elle exprime la rancœur qu'elle contenait jusqu'alors.

Face au mutisme de Jean-Louis qui toujours se tient coi, Madeleine poursuit sa philippique. Elle s'adresse à lui directement :

– Si tu ne Relève pas ton frère c'est que tu es vraiment un « planqué ».

Jamais ce mot n'avait été utilisé par quiconque. C'est la consternation.

Elle enchaîne. Cherchant à enlever l'adhésion elle invoque un autre argument :

– N'oublie pas en plus que les conditions offertes aux volontaires sont matériellement intéressantes.

En effet les conditions promettent aux travailleurs français volontaires un salaire égal à celui des ouvriers allemands, les mêmes avantages sociaux ainsi qu'une prime d'éloignement.

Elle a tout dit semble-t-il ; à court d'arguments maintenant. Elle a exprimé ce qu'elle avait sur le cœur.

Après un long silence Anne-Marie reprend la parole à l'adresse de sa belle-sœur, cette fois avec compassion et sans véhémence.

Anne-Marie :

– Je te comprends bien Madeleine, mais es-tu bien certaine que cette disposition s'applique à François ?

Elle marque un temps d'arrêt et poursuit :

– Il faut que tu saches que les échanges ne sont pas nominatifs !

Disant cela en accentuant sur les derniers termes, on comprend bien qu'Anne-Marie a envisagé cette éventualité et s'est renseignée sur les modalités de la Relève. Tout le monde est surpris par la dommageable pertinence de ses propos.

Anne-Marie poursuit :

– Par conséquent rien ne dit que la Relève se ferait au profit de François, qu'il serait désigné pour être rapatrié.

Enfin, elle enchaine :

– Et puis ces volontaires pour l'Allemagne sont des Collabos ; je ne veux pas que mon mari en soit ! Tu dois l'admettre.

L'affrontement entre les deux femmes est à son comble. Les positions de l'une et l'autre contiennent leur part de vérité et de sincérité. C'est l'impasse.

La mère Viviane appelle chacune à la tempérance, tente d'apaiser le climat, entre la revendication de Madeleine de voir revenir son mari et la volonté d'Anne-Marie d'éviter un engagement qui serait marqué du sceau du déshonneur.

Viviane :

– Mes enfants calmez-vous. Vos positions sont légitimes. Il faut réfléchir et envisager toutes les conséquences possibles d'une telle décision éventuelle.

Elle s'adresse maintenant directement à Madeleine :

– En tout cas Madeleine tu n'as pas le droit de traiter Jean-Louis de « planqué ». Son Affectation spéciale en usine n'est pas usurpée ; elle est le résultat de décision à haut niveau qui nous échappe. C'est la loi de la guerre. Sache en tout cas que nous te soutiendrons et t'aiderons toujours jusqu'au retour de François, qui ne fait pas de doute à mes yeux. Quoi qu'il en soit la décision appartient à Jean-Louis et à lui seul.

Celui-ci s'est tu tout au long des échanges.

Jean-Louis :

– Je vais réfléchir, finit-il par lancer, après un long silence.

Au moment du départ, Madeleine glisse subrepticement à son beau-frère à l'insu des autres : « J'ai confiance en toi Jean-Louis »

Chacun rentre chez soi. Le ressort de l'unité familiale semble brisé.

*

* *

De retour chez eux Anne-Marie et Jean-Louis ont un long et âpre entretien.

Jean-Louis :

– Tu sais il y a dans les ateliers des affiches qui invitent à aller travailler en Allemagne. La pression est forte. Les Allemands réduisent les commandes et suscitent les licenciements pour encourager l'envoi de travailleurs dans leurs usines en Allemagne maintenant. Si je m'inscris pour la Relève je fais revenir mon frère et j'évite le chômage.

Anne-Marie :

– Peut-être, mais sache que si tu pars je ne pourrai pas rester seule ici. Je retournerai dans ma famille.

Elle est inflexible. Il sait qu'elle dit vrai, que ce n'est pas un chantage affectif de sa part. Elle ne supporte pas la solitude. Ce serait la fin du couple.

– Une page se tournera si tu pars, conclut Anne-Marie.

*

* *

La détermination de Madeleine a retrouvé de la vigueur et demeure sans faille. Elle va engager maintenant le combat pour que François revienne grâce à la Relève de Jean-Louis, dont elle ne doute pas, en dépit des objurgations d'Anne-Marie.

Elle va tout mettre en œuvre pour saisir cette opportunité qui fera revenir François. Elle en fait part à son frère Romain, toujours à ses côtés :

Madeleine :

– J'ai décelé dans l'attitude de Jean-Louis une envie de sauver son frère malgré son silence. J'ai confiance en lui : les deux frères sont si proches l'un de l'autre !

Romain se montre plus dubitatif, ne voulant toutefois pas briser l'élan d'espoir de sa sœur :

– Tu sais il y a fort à faire, lui dit-il avec précaution. Et surtout cet obstacle qu'a avancé Anne-Marie, à savoir que les prisonniers à rapatrier ne sont pas personnellement choisis !

Madeleine marque le coup face à cette objection qui peut être rédhibitoire :

– Je vais voir ce que je peux faire, finit-elle par dire après un temps de réflexion où elle semble avoir élaboré un plan dans sa tête, sans en dire davantage.

Romain reste perplexe mais ne pose pas d'autre question.

– En tout cas sois prudente, quoi que tu fasses.

*

* *

Madeleine ne veut rien laisser au hasard pour obtenir le retour de son mari et s'assurer qu'il sera bien nommément désigné comme rapatrié quand Jean-Louis se portera volontaire. Elle doit lever cette hypothèque.

Quelques semaines plus tard, en aout 1942, la presse et la radio du gouvernement Laval annoncent à grand renfort de propagande l'arrivée à Paris du premier convoi des prisonniers de guerre « relevés ». Ce déploiement d'autosatisfaction conforte pour un temps l'espoir des femmes de prisonniers, seules et trop souvent délaissées par les Autorités. Madeleine n'y échappe pas.

Elle se rend à la gare de l'Est et assiste au spectacle de ces familles qui accueillent leur enfant, mari ou frère dans une liesse générale en dépit de l'imposante présence policière tant française qu'allemande, sur ce quai de gare bondé.

Elle parvient à entrer en contact avec un petit groupe et obtient des informations sur les démarches utiles à suivre et les contacts à prendre.

On lui désigne un officier allemand qui supervise les opérations.

Madeleine parvient jusqu'à lui en se frayant un passage parmi la foule et s'y adresse avec maladresse, balbutiante, à contrecœur même.

Elle formule du mieux qu'elle peut sa requête à cet officier qui parle français.

Celui-ci accueille sa démarche avec condescendance d'abord puis, l'ayant toisée quelques secondes, lui manifeste un certain intérêt du regard ; mais un quai de gare bruyant et encombré ne se prête guère à ce genre de conversation.

L'officier allemand :

– Madame, je crains de ne pouvoir rien faire pour vous, mais venez m'en parler quand même, dit-il dans un français aux intonations germaniques. Je n'ai pas beaucoup de temps à vous consacrer. Je vais visiter l'exposition d'Arno Breker au musée de l'Orangerie demain après-midi. Venez m'y rejoindre. C'est tout le temps que je peux vous consacrer.

– J'y serai, répond simplement Madeleine.

Elle tourne les talons, avec une faible lueur d'espoir dans la tête, n'ayant pas reçu une fin de non-recevoir définitive.

*

*   *

De retour chez elle Madeleine se demande alors ce qu'elle peut faire ; jusqu'où elle peut aller ; que lui veut cet officier allemand ? Elle est prise de panique et envisage même sur le moment de tout interrompre.

Elle tourne en rond dans son petit logement, jusqu'à ce que son regard se porte sur un cadre ordinaire accroché au mur du salon. C'est une lithographie sans grâce ni valeur représentant un paysage marin, tant fondu dans le décor que l'accoutumance a fini par rendre invisible.

Elle se souvient que c'est François qui avait un beau jour fièrement rapporté cette image à la maison : « *ça mettra un peu de couleur dans le salon* » avait-il dit.

La vue de ce tableau provoque un déclic.

Madeleine égraine ses souvenirs et revit un passé récent tel que François l'avait narré.

*

* *

En 1938 François s'était rendu au domicile d'un riche marchand de tableaux (une belle propriété à Chatou) dont il entretenait les automobiles, des Renault Primaquatre et Juvaquatre dont ce personnage était grand amateur.

François réparait ses véhicules, lui qui est mécanicien de métier et technicien chez Renault. Il lui arrivait même de fournir des pièces de rechange – un carburateur, un delco – qu'il « sortait » discrètement de l'atelier.

Entre cet amateur d'Art et François s'était nouée une réelle amitié, sans que celui-ci ne lui demandât de contrepartie. L'amour de la mécanique les unissait. Bien sûr cet homme lui glissait de temps en temps quelques billets dans la main, que François feignait de refuser, pour la forme. C'est ainsi qu'il avait hérité de cette litho qui trône au salon sans que quiconque ne la remarque réellement.

Mais il y eut plus. Ce galeriste, qui est Juif, ayant pressenti ce qui l'attendait avant même la promulgation du statut des Juifs d'octobre 1940, décida de quitter le pays dès 1938 pour protéger sa vie et préserver le patrimoine artistique qu'il a acquis au long des années de l'entre-deux-guerres.

Ce matin là il fit venir François au prétexte d'une réparation automobile et lui tint ces propos :

– Je dois partir d'ici. Je vais être bientôt considéré comme un « étranger indésirable » avec toutes les conséquences que d'autres ont connu dans mon pays d'origine la Pologne. Mais je tiens à vous marquer toute ma gratitude pour votre amitié et tous les services que vous m'avez rendus.

François marqua sa surprise. L'homme poursuivit :

– Je vous demande d'accepter ce présent. Il s'agit d'une esquisse d'un tableau de Matisse. C'est une pièce authentique qui peut avoir un jour une grande valeur. Je sais qu'il sera aux mains d'un honnête homme.

François n'est ni expert ni même amateur éclairé en peinture, mais le nom de Matisse ne lui était pas étranger. Il se confondit en remerciements, gêné, ne sachant vraiment que dire ; il accepta le paquet ficelé que le galeriste lui tendait.

Ils se séparèrent en se souhaitant mutuellement bonne chance et longue vie.

*

* *

Madeleine se remémore cet épisode. Elle se rend dans la chambre à coucher et fouille sous les piles de draps et linge de maison qu'elle ne dérange que très rarement maintenant.

Elle retrouve ce tube en carton renforcé entouré de papier kraft et fermement ficelé qui n'a jamais été ouvert. Elle en a même oublié l'existence.

Elle l'ouvre, en déploie délicatement le contenu et découvre une peinture sur toile protégée d'un papier de soie.

Celle-ci représente une fenêtre derrière laquelle se profilent des petits voiliers voguant sur une mer bleue. Devant la fenêtre, tournant le dos au paysage marin on distingue le vague profil d'une femme aux contours inachevés. La signature est bien lisible en bas à droite : « Henri Matisse ».

Madeleine contemple un temps cette image apaisante d'un univers qui n'est pas le sien. Elle est perplexe mais saisit vite le bénéfice qu'elle peut en tirer en pensant à cet officier allemand amateur d'Art qu'elle doit rencontrer le lendemain au Musée.

*

* *

Le lendemain Madeleine se rend au Musée de l'Orangerie le cœur serré. Après avoir parcouru les allées de cet endroit qui ne lui est guère familier, elle y retrouve l'officier allemand qui contemple les sculptures exposées. Il est seul.

Madeleine :

– Bonjour Monsieur. Je suis venue comme vous m'y avez invitée, dit-elle maladroitement.

L'officier allemand semble avoir oublié ce rendez-vous :

– Ah oui Madame. De quoi s'agit-il ?

Madeleine s'exécute du mieux qu'elle peut, en exposant sa situation et le sens de sa démarche, à savoir s'assurer du retour de son mari en échange de la Relève par son frère.

L'officier a compris, mais :

– Madame vous savez bien que cela n'est pas possible. La Relève n'est pas nominative.

Il poursuit après un temps :

– Cela m'obligerait à faire des démarches, convaincre d'autres officiers. C'est beaucoup de travail et même prendre des risques. Pourquoi le ferai-je ?

Il enchaîne, après un long silence où il semblait absorbé dans ses pensées :

– Vous aimez ces sculptures ?

Madeleine :

– Oui c'est impressionnant, répond-elle par complaisance pour lui faire plaisir. Mais je n'y connais pas grand-chose, confesse-t-elle timidement.

L'officier revient au sujet qui les réunit :

– Que pouvez-vous me proposer en échange ?

Madeleine hésite à répondre. Elle se sent démunie devant une telle question, mais un éclair d'opportunité lui vient à l'esprit :

– Je peux vous proposer une toile du peintre Matisse.

L'officier, incrédule, s'exclame :

– Une toile de Matisse ? Mein Gott ! Est-ce possible. Dites-moi un peu plus je vous prie.

Madeleine lui raconte alors l'histoire de cette toile avec toute la simplicité et la sincérité qu'elle peut déployer. Elle n'a pas le choix : ça passe ou ça casse. Elle ne pourra pas faire davantage.

L'officier allemand :

– Mais Madame, si ce tableau appartenait à un Juif, il est maintenant « sans propriétaire » et revient donc au Reich !

Madeleine est décontenancée ; cette disposition sur la confiscation des biens juifs lui était étrangère. Elle est dans l'impasse et mesure toute la vacuité de son offre. Le dialogue est dans l'impasse.

Pour autant cet officier de la Wehrmacht, issu de la noblesse militaire prussienne, n'est pas insensible à cette candeur quelque peu puérile de Madeleine, ni surtout à l'objet qu'elle fait miroiter.

Grand amateur d'Art, il était intervenu dès les débuts de l'Occupation pour que les œuvres d'Art soient respectées, et s'était opposé en vain à l'ERR (la police nazie en matière d'Art) sur la confiscation des œuvres d'Art détenues par des Juifs.

Il raconte cela à Madeleine. Ces confidences font renaître en elle un peu d'espoir.

L'officier allemand :

– Oui voyez-vous Madame, je respecte l'Art par-dessus tout. Alors plutôt que voir les œuvres dispersées et malmenées, en France ou en Allemagne, je préfère les protéger moi-même. Si vraiment vous possédez le tableau que vous dîtes nous pouvons peut-être nous entendre. C'est donnant-donnant comprenez vous ?

Madeleine comprend bien. Elle admet ce marchandage, en dépit des risques de se faire spolier.

– Comment pouvez-vous me garantir le retour de mon mari, ose-t-elle avancer.

L'officier :

– Madame vous n'aurez d'autre garantie que la parole d'un officier allemand.

Il lui propose alors de la revoir avec son tableau pour s'en assurer l'authenticité. Quant à lui il s'engage à faire le nécessaire auprès des services de la Kommandantur concernés par la Relève pour que François soit bien désigné comme prisonnier rapatrié.

La confiance s'est installée entre ces personnages à la connivence improbable.

Ils conviennent de se retrouver trois jours plus tard dans un endroit discret du Jardin des Tuileries.

*

* *

Le jour-dit Madeleine se présente au rendez-vous avec le paquet ficelé caché dans la poussette de son bébé qu'elle a emmené avec elle. Elle s'assied sur un banc à l'écart des grandes allées.

L'officier ne tarde pas à arriver. Il s'assied près d'elle ; se penche sur l'enfant :

– Vous avez un beau bébé Madame. Moi je n'ai pas d'enfant, enfin pas encore. Ce n'est pas facile quand on choisit la carrière militaire en cette époque, vous comprenez.

L'atmosphère est détendue ; une sorte de complicité s'est instaurée, après que l'officier ait livré ces quelques confidences.

L'officier :

– Avez-vous le tableau Madame ?

Madeleine s'exécute. Elle déploie le paquet. L'officier saisit la toile de ses mains gantées et l'observe longuement.

L'officier :

– C'est bien de Matisse, mais c'est une esquisse, précise-t-il. Il s'agit d'un tableau qu'il a peint dans les années 20 si je me souviens bien. Il s'intitule « Femme assise qui tourne le dos à la fenêtre » ou quelque chose comme cela. Matisse a souvent peint des femmes et des fenêtres !

L'officier est visiblement heureux de pouvoir parler d'Art. Il n'a pas hésité à situer le tableau. Il a sans conteste une excellente connaissance de ce peintre décadent qu'est Matisse aux yeux de l'Art officiel du Reich. A ses yeux cela ne lui confère que plus de valeur.

Il poursuit :

– Mais c'est seulement une esquisse, Madame.

Puis il ajoute :

– Enfin c'est quand même une belle pièce, je l'avoue. Elle me plaît beaucoup.

Madeleine est rassérénée. Elle le manifeste par un simple « Tant mieux » qu'elle s'adresse à elle-même.

L'officier enroule la toile, la replace précautionneusement dans le tube qu'il pose sur ses genoux.

L'officier enchaine :

– De mon côté j'ai fait le nécessaire pour votre mari. Ce n'était pas chose facile, je vous prie de croire, avec les nazis qui surveillent tout depuis que c'est la SS qui assure la sécurité intérieure et non plus la Wehrmacht.

Ce changement important dans le dispositif du maintien de l'ordre avait échappé à Madeleine.

– Je l'ignorais, ponctue-t-elle brièvement.

L'officier poursuit :

– Voici le document qui atteste que votre mari fera bien partie des prisonniers rapatriés.

Il sort de sa poche un document officiel où figure bien le nom et le matricule de François ainsi que l'adresse de son lieu de captivité. Madeleine l'examine attentivement bien qu'il soit en allemand.

L'officier reprend et replace le papier dans sa poche :

– Dès que votre beau-frère sera inscrit comme volontaire pour la Relève, vous me le faites savoir. Je communiquerai alors ce document au service concerné et votre mari sera dans le prochain convoi. J'ai pris toute disposition en ce sens. Je vous en donne ma parole, Madame.

Madeleine ne peut en définitive que se fier à la parole de l'officier. Il lui communique alors un numéro de téléphone et une phrase de code.

Ils se séparent, l'officier emportant le tableau et le document du rapatriement de François.

Madeleine est démunie mais en son for intérieur garde espoir en cet homme qui lui a inspiré confiance malgré tout.

*

* *

Madeleine a accompli une partie du chemin, sans doute la plus difficile à ses yeux.

Elle va se tourner maintenant vers Jean-Louis pour lever toute incertitude et s'assurer qu'il se portera bien volontaire pour la Relève de son frère, ce dont elle ne doute pas.

Quelques jours plus tard elle se rend donc à la sortie des ateliers de Renault pour rencontrer seul à seul son beau-frère.

Elle connait bien les lieux pour être venue souvent attendre François à l'heure des sorties d'usine. Elle a bon espoir de convaincre Jean-Louis de se porter volontaire, mais le temps est compté, sachant l'hostilité que soulève dans la population cette disposition du « négrier » Laval.

Elle est arrivée sur les lieux, à pieds, sans son bébé. Elle va au devant de Jean-Louis.

Celui-ci ne peut cacher sa surprise en apercevant Madeleine qui avance à sa rencontre d'un pas décidé, mais réprime le sentiment d'inquiétude que fait naître en lui la présence inattendue de Madeleine en ces lieux.

Madeleine :

– Bonjour Jean-Louis. Surpris de me voir j'imagine ?

Il hausse seulement les épaules, subodorant la suite.

Elle poursuit :

– Voilà, j'ai reçu hier une lettre de François. Il parle de toi.

Elle lui tend le document, que Jean-Louis lit attentivement.

Il y est question de sa santé qui devient alarmante ; des soins sommaires qu'il reçoit, des mauvais traitements à l'infirmerie où l'on soupçonne toujours les prisonniers de vouloir « tirer au flan ». Ce n'est pas son cas écrit-il. Pour autant il ne se plaint pas vraiment ; le ton est plutôt sur le mode journal de bord, émaillé de faits précis.

Puis François évoque la Relève dans sa lettre :

« ... *On a appris ici qu'il y avait une relève possible des prisonniers. Je pense que je pourrais en bénéficier compte tenu de ma santé et de ma situation de famille maintenant* ... »

Enfin il s'adresse indirectement à Jean-Louis :

« ... *Dis bien à mon frangin que je pense souvent à lui ; que la vie ne doit pas être non plus très drôle à l'usine avec les « cousins » sur le dos. Il a eu plus de chance que moi. C'est tant mieux pour lui. Je l'embrasse très fort* ».

Aucune amertume dans ce courrier, aucune exigence exprimée, mais Jean-Louis comprend bien entre les lignes le sens des propos de son frère, que Madeleine ne manque pas d'éclairer.

Madeleine :

– Ton frère a besoin de toi. Il compte sur toi ! Tu as bien compris, Jean-Louis. Tu as toujours été son grand frère, son protecteur depuis votre enfance. Je t'en prie, sauve-le !

Elle n'insiste pas davantage. Appuyer plus encore sa requête serait une façon de manifester un doute quant à la détermination de Jean-Louis. Or elle a confiance en lui ; elle est persuadée que le sentiment fraternel l'emportera. Il ne se dira rien de plus mais à l'évidence il est bouleversé par l'implicite supplique de son frère.

*

* *

Jean-Louis vit un véritable cas de conscience. Il doute, il s'interroge ; ne peut se résoudre à abandonner son frère, mais ne peut envisager de quitter sa femme.

Dès le lendemain il décide toutefois d'entamer les démarches nécessaires pour entrer dans le dispositif de la Relève. Le cas général de la procédure de recrutement est maintenant celui de la constitution d'équipes encadrées et dirigées, ce qui complique la démarche.

Pour éclairer sa décision et faciliter l'inscription, il se rapproche de son ami et collègue Marcel, en qui il a toute confiance et qui connait bien aussi François.

Il le prend à part à l'heure de la pause casse-croute dans l'atelier.

Jean-Louis :

– Je vais m'inscrire pour la Relève, Marcel. Pourquoi tu ne le ferais pas aussi ? On pourrait faire revenir François.

Marcel coupe court :

– Tu ne dois pas faire ça. Tu ne peux pas te prêter à ce marchandage !

Marcel enchaine et dévoile alors toutes les actions que lui-même et quelques autres mènent dans l'atelier pour ralentir les cadences, saboter le travail et organiser à leur niveau une forme de résistance à l'Occupant.

Jean-Louis n'avait guère conscience de cette face cachée du travail de certains camarades, lui qui se contentait de mener à bien sa tâche, par conscience professionnelle, par une sorte d'orgueil vis-à-vis des occupants, mais aussi pour rester dans le rang et éviter toute sanction. Sans le savoir il vivait avant l'heure le syndrome de la Rivière Kwaï, façon de montrer sa supériorité en faisant mieux que ceux qui vous oppriment. Mais tout ceci était bien vain !

Marcel conclut :

– Il ne faut pas être du côté du manche, parce que le manche va changer de mains dans quelques temps et on aura besoin de toi.

Il enchaine :

– Quant à François, c'est un bon copain, mais on ne peut pas sacrifier tout notre travail pour un seul. De toute façon il reviendra, t'en fais pas !

Cette longue conversation bouleverse Jean-Louis plus encore qu'il ne l'était déjà, mais le conforte en définitive dans sa décision de ne pas se porter volontaire pour la Relève.

*

* *

De retour chez lui il fait part à Anne-Marie de sa décision, mais n'évoque pas devant elle ce qu'il ressent comme une lâcheté, une trahison à l'égard de son frère.

Anne-Marie :

– Je suis soulagée, confesse-t-elle, mais je sais ce que tu éprouves en faisant ce choix. J'imagine ta souffrance morale mais tu dois regarder devant toi, devant nous. Tu préserves notre vie. Tu ne dois rien regretter !

Jean-Louis :

– N'en parlons plus, plus jamais, s'il te plait.

*

* *

Jean-Louis doit maintenant l'annoncer à Madeleine, dont il sait l'étendue de l'espoir qu'elle met en lui.

Il tergiverse, attend plusieurs jours avant de lui rendre visite.

Quand il se rend chez Madeleine il trouve celle-ci en compagnie de son jeune frère Romain qui joue avec le petit Francis. Ils ont l'air plutôt confiant ; s'attendent à une bonne nouvelle, puisque Jean-Louis est venu jusque chez elle.

Madeleine l'invite à s'asseoir, mais Jean-Louis décline l'invitation, en détournant le regard.

Jean-Louis :

– Madeleine je ne peux pas aller en Allemagne. Les conditions de recrutement ont changé comme tu le sais sans doute. Chez Renault c'est très mal vu, tout le monde se défile maintenant et il n'est plus possible de constituer des équipes entières. Je ne peux pas faire ça tout seul. Et puis cette Relève est vouée à l'échec. Les Français ne veulent pas être volontaires pour l'Allemagne, sauf quelques pro nazis.

Il poursuit :

– Et puis tu sais bien que les relèves ne sont pas nominatives.

Il termine, comme pour se donner bonne conscience :

– De toute façon je suis certain que François me comprendra.

Madeleine est abasourdie. Un long silence s'installe. Romain repose le bébé dans son berceau et se met en retrait.

Madeleine :

– Sais-tu que j'ai fait le nécessaire de mon côté pour que François soit désigné et revienne, le sais-tu ? Je suis allé me commettre avec les boches pour obtenir le rapatriement de ton frère.

Jean-Louis, ignorant les démarches entreprises par Madeleine :

– Madeleine qu'est-ce que tu as fait, malheureuse ?

Madeleine, sur un ton de dépit et de colère :

– Non je n'ai pas couché avec un allemand, si ça peut te rassurer ! Je me suis « seulement » dépossédée du seul bien de valeur que François avait pu acquérir avant-guerre et dont il était très fier.

Il est gêné voire honteux apprenant ce sacrifice qui touche aussi son frère.

Madeleine, excédée, exprime ce qu'elle a sur le cœur :

– Je sais bien que c'est ta femme qui t'empêche de partir. C'est une égoïste, une enfant gâtée. Sans elle tu serais parti, j'en suis sûre.

Jean-Louis ne peut dénier ces propos. Il se contente de baisser la tête comme l'inculpé qui reçoit le verdict qu'il craignait. Les dernières paroles qui s'échangent scellent la fin de l'espoir pour Madeleine.

Elle est effondrée :

– Tu laisses tomber ton frère. Va-t-en. Je ne veux plus te voir.

Il ne trouve rien à ajouter et prend congé.

*

* *

Après le départ de Jean-Louis, Romain tente de réconforter sa sœur. A tout le moins il voudrait limiter la casse.

Romain :

– Il faudrait quand même que tu récupères le tableau maintenant. Que François au moins n'ait pas cette déception supplémentaire quand il reviendra, car il reviendra, sois-en convaincue.

Dès le lendemain, ayant acquis la triste certitude que le rapatriement de son mari n'aura pas lieu, Madeleine appelle l'officier allemand pour lui faire part de la situation et demander la restitution du tableau.

L'officier allemand, au téléphone, d'un ton sec et précipité :

– Voyons-nous comme la dernière fois. Je dois vous parler.

Madeleine et l'officier allemand se retrouvent aux Tuileries. Celui-ci ne porte aucun paquet.

L'officier raconte :

– Madame je dois vous dire que je viens d'être affecté sur le front russe. Je pars demain. Savez-vous ce que cela veut dire ?

Il poursuit avant même que Madeleine ait pu dire quoi que ce soit :

– L'autre jour, quand nous nous sommes vus ici, j'étais suivi sans le savoir par la Gestapo qui me surveille depuis mes positions sur les œuvres d'Art comme je vous l'ai dit. Quand je suis arrivé dans mon bureau avec le paquet, les SS m'attendaient. Vous imaginez la suite. « Ce tableau appartient au Reich, pas à vous. Vous détournez notre richesse nationale », m'ont-ils dit. Le soir même je recevais mon ordre de mission pour la Russie.

Madeleine est quelque peu incrédule. L'officier lui montre le document.

L'officier :

– Je vous avais donné ma parole, Madame. Sachez que je l'aurais respectée. Ils ont aussi déchiré l'ordre de rapatriement de votre mari. Nous avons perdu vous et moi sur toute la ligne. Je le paie cher aussi, très cher, car je sais ce qui m'attend. Mon amour de l'Art risque fort de me coûter la vie !

Ils se disent Adieu.

Madeleine rentre chez elle. Elle a tout perdu. Il lui reste son enfant et son frère pour la consoler de ses malheurs.

*

* *

La Relève a donc échoué ; non seulement pour Madeleine mais pour la politique de Collaboration qu'elle a incarnée sur la base du volontariat.

Début 1943 s'y substituera le STO, Service du Travail Obligatoire.

*

* *

Troisième partie

L'enquête

Les jours suivants Romain ne quitte pas sa sœur. Il s'est même installé dans le salon pour lui tenir compagnie en ces heures douloureuses où la rancœur le dispute à la colère.

Ils ressassent ensemble ces péripéties pour exorciser toutes ces déconvenues dont la moindre n'est pas la dérobade de Jean-Louis. C'est sans doute ce qui affecte le plus Madeleine :

– Je n'imaginais pas que Jean-Louis se défilerait. C'est vraiment un planqué, martèle-t-elle.

L'évocation et le terme même de « planqué » font naître en Madeleine un indicible malaise qui se transforme bientôt en une intuition dont elle fait part à Romain.

– Je me demande quand même pourquoi et comment Jean-Louis a été désigné Affecté Spécial quand il y a eu la Mobilisation en septembre 1939. Il y a là une question qui n'a eu comme seule réponse jusqu'à présent que la décision des Autorités Militaires.

Elle poursuit, après un temps :

– Or j'ai compris avec l'affaire du tableau comment les choses peuvent se dérouler. Les passe-droits, les prébendes, les relations bien placées ont raison de toutes les procédures officielles. Que s'est-il passé en réalité pour Jean-Louis ?

Ces propos sèment aussi le trouble et le doute dans l'esprit de Romain :

– A quoi penses-tu en disant cela ?

Madeleine :

– Je pense qu'il a peut-être bon dos … le mauvais sort ! François aurait dû être aussi Affecté Spécial, mobilisé en usine, comme son frère. Je ne comprends pas ce qui s'est passé. Quand il y a eu la Mobilisation personne ne s'est interrogé. Il est vrai que de septembre 39 à mai 40, pendant cette « drôle de guerre », Jean-Louis travaillait comme un forcené chez Renault pour rattraper le retard en armement alors que François était en garnison à ne rien faire.

Romain reprend :

– C'est vrai qu'on aimerait bien comprendre l'origine de cette désignation.

Une idée lui vient :

– Je te propose de mener une enquête. Je t'assure que personne n'en saura rien. Je sais être discret et je te tiendrai au courant de mes recherches tous les jours, d'accord ?

Une telle démarche correspond bien à son tempérament fouineur, sorte de Rouletabille en herbe. Et puis il a du temps libre.

– De toute façon tu ne peux pas vivre désormais avec une incertitude qui va te tarauder l'esprit. Il faut en savoir plus et éclaircir cette affaire. Cela apaisera les soupçons que tu as derrière la tête semble-t-il.

Bien sûr Madeleine hésite. Peut-être craint-elle que son intuition puisse être avérée, ce qui bouleverserait la famille, y compris son « pauvre mari en captivité » dit elle, qui vivrait mal une telle réalité.

Elle cède finalement devant l'insistance de Romain, exalté à l'idée de mener cette enquête.

*

* *

Dès le lendemain Romain part en quête d'informations sur les Affectés Spéciaux.

Sa première démarche le conduit à la bibliothèque de la fac de Droit, au département des publications officielles. Il n'a pas de difficultés à découvrir et prendre connaissance des textes réglementant l'Affectation Spéciale (décrets, circulaires).

Il retient que : « *Pour être Affecté Spécial, il faut au minimum 5 années d'ancienneté et appartenir au Service Technique. L'affectation spéciale est accordée sur une proposition de la Compagnie avec autorisation des Autorités Militaires* ».

Il consulte les journaux de l'époque à la Bibliothèque Nationale et prend connaissance des positions politiques sur ce statut, telle que cette déclaration du Ministre de l'Armement Raoul Dautry en janvier 1940, c'est-à-dire quatre mois avant les combats qui conduiront à la débâcle de l'armée française :

« *Tous les problèmes qui nous assaillent restent mineurs en face du problème de la main d'œuvre. Il vaut mieux avoir des travailleurs en usine que des soldats inoccupés sur le front immobile de la drôle de guerre* »

A titre d'exemple, chez Renault 6000 machines-outils resteront inutilisées faute d'ouvriers pour les faire tourner : nul doute que l'Affectation spéciale dans l'industrie d'armements était une nécessité pour rattraper le retard accumulé du fait notamment des lois du Front Populaire qui certes avaient donné les 40 heures et les congés payés mais avaient limité d'autant la capacité de production.

Romain explique tout cela à Madeleine au terme de ses premières recherches :

– Dans ces conditions on comprend bien que ceux, comme Jean-Louis, qui étaient des techniciens aient été réquisitionnés en usine.

Celle-ci est quelque peu refroidie par ces propos qui justifient les décisions prises.

Romain veut poursuivre ses investigations :

– Mais pourquoi Jean-Louis, pourquoi lui ? insiste t-il. D'autres de sa compétence ont été envoyés au front. Il faut que je continue mes recherches.

Madeleine lui apporte alors une information qui peut être un précieux concours.

En effet elle est bien sûr en relation avec le Commissariat aux Prisonniers de Guerre, dont la mission est d'apporter une aide aux femmes et familles de prisonniers autant qu'il est possible par l'envoi de colis et ravitaillement ou l'attribution d'allocation pour les femmes seules.

Madeleine dévoile à Romain :

– Va voir de ma part un certain Mr. Roger au Commissariat aux Prisonniers. C'est situé boulevard de La Tour Maubourg. Il me connait bien en tant que femme de prisonnier ; il m'a pris en affection quand j'étais enceinte. C'est un vieux fonctionnaire ; il connait bien tous les rouages de l'Administration.

*

* *

Romain se rend à l'adresse indiquée et n'a pas de difficulté à être reçu par Mr. Roger en s'annonçant de la part de Madeleine.

Mr. Roger est un fonctionnaire blanchi sous le harnais, ancien combattant de 14-18 et mutilé de guerre, amputé du bras gauche. Comme tout le monde il s'était rallié au « Plus jamais ça » dans les années qui avaient suivi ce qui devait être « la Der des Ders », mais la débâcle de 1940 l'avait conduit à porter un regard différent sur l'Armée française qui se disait la meilleure du monde !

Romain lui explique le sens de sa démarche et l'objet de ses recherches :

– Je voudrais juste rencontrer des Affectés Spéciaux. Savoir pourquoi et comment ils ont obtenu ce statut. En connaissez-vous ?

L'homme n'est pas fâché d'entendre ce discours, lui qui chaque jour épouse les peines et douleurs des femmes et familles de prisonniers, trop souvent ignorées par la grande masse de la population.

Mr Roger :

– Je vais t'aider mon garçon.

Cette soudaine familiarité met Romain en confiance, en dépit de l'atmosphère de suspicion qui règne alors dans les administrations, de la dénonciation à la délation à tous les niveaux.

Mr Roger poursuit :

– Tu as de la chance mon garçon. Avant d'être ici j'étais au Ministère de l'Armement. Je m'occupais des dossiers d'Affectés Spéciaux en tant que secrétaire administratif des séances de désignation. Je vais te communiquer quelques noms que j'ai gardés en mémoire. Mais sois prudent et n'évoque jamais mon nom. Je risque de ne plus pouvoir rendre de services.

Il communique oralement à Romain trois noms avec adresses après avoir compulsé un classeur qu'il tient dans un tiroir fermé à clé.

Il s'empresse d'ajouter :

– Mais je ne sais rien de plus : ni pourquoi, ni comment, ni ce qu'ils sont devenus. A toi de savoir.

Romain, fort de ces renseignements dont il remercie chaleureusement le vieux fonctionnaire, va partir en quête de ces Affectés Spéciaux.

Il rend compte comme d'habitude à Madeleine de l'entretien ô combien fructueux qu'il a eu avec le vieux fonctionnaire ; mais celle ci balance toujours entre une intuition qui la pousse à en savoir davantage et une résignation qui l'appelle à admettre l'état des choses.

– Je me demande où tout cela va te conduire. Est-ce bien nécessaire, interroge-t-elle sur un ton de dépit.

*

* *

Cette réserve de Madeleine ne freine en rien l'ardeur de Romain qui va partir en quête de ces hommes que Mr. Roger lui a indiqués. Il va les rencontrer.

Le premier s'appelle Laurent S. Il habite un village de Seine et Oise. Romain s'y rend à bicyclette par une douce matinée de fin d'été. Le temps est indifférent aux affres que les hommes s'infligent à eux-mêmes et Romain se surprend à fredonner « je chante, je chante soir et matin, je chante sur les chemins » que Trénet avait créé avant-guerre quand musique et chansons accompagnaient la vie de chacun sur les routes des « congepés ».

Il se reprend quand il arrive devant une grande maison bourgeoise qui se dresse au fond d'un jardin d'agrément de pelouse et parterre de roses. Il dépose sa bicyclette contre la grille entr'ouverte et active une chainette qui délivre le discret tintement d'une cloche fatiguée. Il pénètre dans la propriété. Une dame âgée, aux cheveux blancs et port altier vient à sa rencontre :

– Que voulez-vous Monsieur ? lance-t-elle d'un ton sec en s'immobilisant à dix pas de lui.

Avec la plus grande déférence dans la voix Romain lui explique la raison de sa visite, en maquillant toutefois le vrai motif personnel :

– Je suis étudiant en Droit et je fais une étude sur l'Affectation Spéciale. Je crois savoir que Laurent S. a été désigné comme tel, avance-t-il prudemment.

La vieille dame le toise avec circonspection :

– Je suis sa grand'mère Monsieur.

Sans plus attendre elle ajoute :

– Laurent a été tué au combat.

Romain marque son étonnement et profère les propos de circonstances que la situation impose.

Il inspire confiance à cette dame qui lui raconte alors :

– Quand Laurent a reçu son Affectation Spéciale, il l'a déchirée et a rejoint son régiment d'infanterie pour combattre. C'était un vrai patriote, Monsieur, et il ne supportait pas d'être dans des bureaux où on l'avait mis pour dépouiller et classer des papiers. Il avait le sentiment de trahir sa patrie.

Elle lui décrit brièvement le parcours de Laurent, qui a rejoint une unité combattante et a été tué au front, alors qu'il aurait pu se satisfaire de son Affectation Spéciale dans un bureau.

– Notre douleur fait aussi notre fierté, conclut-elle.

Encore quelques échanges de civilités avec la dame et Romain la remercie et prend congé.

Cette découverte ne manque pas de décontenancer Romain, mais attise sa curiosité et le conforte dans sa détermination à poursuivre ses investigations.

Il en fait part à Madeleine quand il la retrouve le soir même.

– Je ne peux pas en rester là maintenant. Je suis curieux de connaître les autres Affectés Spéciaux. J'ai l'impression que je vais découvrir des situations inattendues.

Madeleine marque une certaine lassitude :

– Fais comme tu l'entends. De toute façon je ne peux pas t'en empêcher maintenant. En tout cas n'oublie pas de garder le contact avec Mr Roger. Il te sera toujours de bon conseil, j'en suis persuadée.

*

* *

Le lendemain Romain repart en mission. Il se rend à l'adresse du second personnage que Mr Roger lui a indiqué, un certain Pierre B.

Il se rend en bus dans le quartier du Montparnasse. Il gravit les deux étages qui conduisent à la porte indiquée sur le tableau de l'entrée. Un homme jeune, grand et mince au regard clair et franc, lui ouvre la porte sans question, et confirme sans hésiter qu'il est bien Pierre B. avant même que Romain n'ait expliqué les motifs de sa présence. Il pénètre dans un appartement bourgeois mais sans ostentation, dans une pièce couverte de rayonnages emplis de livres et de maquettes d'automobiles disposées en quinconce pour mieux les offrir au regard. Cette facilité de contact surprend Romain dans ce monde peuplé de suspicion et de méfiance à l'égard même du moindre voisin.

Romain adopte la même attitude de franchise, se présente et explique l'objet de sa visite.

Pierre B. a bien compris le sens des propos de Romain :

– Effectivement j'étais Affecté Spécial lors de la Mobilisation générale, confirme-t-il.

Visiblement il est en mal de confidences et n'hésite pas à raconter son parcours.

– Je suis ingénieur Arts et Métiers, spécialiste des automatismes industriels. J'ai mis au point des méthodes de fabrication par chaînes-transferts chez Renault. Dès les premiers jours de la guerre, en septembre 39, on est venu me chercher dans mon unité combattante pour me ramener en usine comme Affecté Spécial pour reconvertir les ateliers et les adapter aux commandes militaires. C'est ce qui m'a valu cette désignation. C'était indispensable.

Il poursuit, manifestant une certaine fierté dans la voix :

– En quatre mois nous avons reconverti la plupart des chaînes. Un travail énorme, mais c'était trop tard ! Ensuite bien sûr j'ai conservé mon poste mais pour le compte de l'occupant. Que pouvais-je faire d'autre ?

Romain s'enquiert :

– Avez-vous connu d'autres Affectés spéciaux ?

Pierre B. :

– Vous savez il y a de tout parmi eux, et je n'ai jamais cherché à les connaitre particulièrement. Pour certains c'était vraiment justifié ; pour d'autres c'était le fruit d'un heureux hasard, si vous voyez ce que je veux dire !

Par ces propos quelque peu sibyllins cet homme conforte chez Romain l'idée que l'Affectation spéciale a pu être le fait d'influence, de « piston » bien placé.

Romain cherche à en savoir davantage :

– Connaissez-vous des cas de pistonné ?

L'homme devient méfiant :

– Ne comptez pas sur moi. Même si j'en connaissais je me garderais bien de vous le dire. J'ai horreur de la délation.

La curiosité de Romain coupe court à une conversation qui semble dériver vers des questions insidieuses que l'homme se refuse à entendre.

Il prend congé après l'avoir remercié.

*

* *

De retour chez Madeleine, Romain lui rend compte de cet entretien et des conclusions qu'il en tire.

– Cet ingénieur était vraiment légitime à cette place. Pour autant il m'a bien dit que ce n'était pas le cas de tous, et le doute subsiste en ce qui concerne Jean-Louis.

Etrangement Madeleine défend son beau-frère :

– Tu sais Jean-Louis est un excellent technicien. François me le disait souvent ; il est très apprécié de ses chefs, et surtout son comportement de meneur d'homme soucieux de faire respecter les cadences. Tout cela peut expliquer sa désignation comme Affecté Spécial.

Romain :

– Peut-être, mais de là à être indispensable pour réarmer le pays … j'en doute ! Surtout quand je vois la différence de qualification avec ce Pierre B. Il y a des centaines de techniciens qui pouvaient prétendre à ce travail. Pourquoi lui ? Il faut que j'en aie le cœur net.

Madeleine l'encourage finalement :

– Retourne voir Mr Roger, c'est notre meilleure source d'informations.

*

* *

Le lendemain Romain retourne au Commissariat pour les Prisonniers pour y revoir Mr Roger qu'il a préalablement informé de son passage.

Celui-ci est toujours bien disposé à son égard mais préfère le rencontrer en dehors de son bureau. Il lui donne rendez-vous en bord de Seine aux abords du pont Alexandre III.

– Que veux-tu savoir au juste, mon garçon ?

Romain est en confiance ; il lui fait part des rencontres qu'il a eues avec ceux qu'il lui a signalés, et lui confirme sa conviction de passe-droits pour certains.

Mr Roger confirme :

– Je ne suis pas surpris de ta conclusion, mais je n'ai pas d'autre nom à t'indiquer dans cette affaire.

Les recherches et investigations de Romain s'achèveraient-elles ici. Il fait part de son désarroi à son interlocuteur :

– Je ne peux pas en rester là.

Puis ayant évoqué diverses pistes, et se rappelant la façon dont les désignations se passaient, il lance une ultime requête à Mr Roger, comme une bouteille à la mer :

– J'aimerais connaitre les noms des participants à la Commission de désignation des Affectés Spéciaux, si possible.

Mr Roger semblait attendre cette demande :

– Tu as de la chance mon garçon. En effet avant d'être muté ici j'étais fonctionnaire au Ministère de l'Armement, comme je te l'ai déjà dit je crois, et il m'arrivait d'assister à ces réunions, dont je tenais les registres. C'était les entreprises qui proposaient des noms qui devaient recevoir l'agrément des Autorités militaires pour être Affecté Spécial.

Romain enchaine :

– Vous souvenez-vous de celui qui représentait Renault dans cette commission ?

Mr Roger :

– Oui je m'en souviens bien. C'était un homme sérieux, qui défendait ses dossiers avec détermination. Il était soucieux de voir revenir en usine les hommes dont il avait besoin pour assurer les fabrications que l'armée attendait. C'est Mr. Jacques, directeur des fabrications dans les ateliers de l'Ile Seguin.

Romain a le sentiment d'avoir fait un grand pas en avant dans son enquête avec cette information, mais Roger tempère son enthousiasme :

– Il se peut fort que cet homme ait rejoint d'autres horizons. Je ne pourrai rien faire de plus pour toi maintenant.

Romain lui manifeste toute sa gratitude et l'assure qu'il ne le sollicitera plus désormais.

En se séparant le vieil homme le presse avec émotion contre sa poitrine et lui dit :

– En tout cas je souhaite que tu ailles au bout de ta démarche. Un jour peut-être, plus tard, des historiens ou des cinéastes s'intéresseront à ces cas qui sont restés dans le clair-obscur de l'Histoire, mais ont nourri bien des drames demeurés anonymes.

Bouleversé, Romain fait part à Madeleine de la découverte de ce Mr. Jacques :

– As-tu entendu parler de ce personnage ? François t'en a-t-il jamais parlé ?

Après quelques secondes de réflexion Madeleine dénie toute connaissance de ce Mr. Jacques :

– Je n'ai jamais entendu parler de lui, dit-elle.

Romain :

– Alors il faut que j'aille à sa recherche.

*

*   *

Les éléments dont dispose Romain vont grandement faciliter sa tâche.

Il connait bien le site industriel, les portes d'entrée, le parking des directeurs toujours utilisé en dépit des restrictions sur les carburants, où chaque emplacement porte le nom d'un responsable.

Il parvient à se faufiler aux abords de l'usine et se hisse sur un talus qui lui permet de distinguer les places réservées. L'une d'elles porte le nom de Jacques sur une petite plaque. Il éprouve un grand soulagement de constater que l'homme est toujours en fonction sur ces lieux. Il note la voiture qui y stationne.

Dès le lendemain Romain se livre à une observation assidue des allers et venues devant ce portail.

Il utilise toujours le même scénario pour éviter d'attirer l'attention des autorités, Français ou Allemands, qui vont et viennent dans l'usine, y entrent ou en sortent. Il pose son vélo contre le mur d'enceinte, à proximité d'un talus qui lui permet d'observer l'intérieur de la cour, et feint de regonfler une roue de la bicyclette.

Sa patience est récompensée en fin de journée. Enfin un homme sort des bureaux et se dirige vers le véhicule à son nom. Romain anticipe la sortie et se poste avec son vélo devant la grille.

Il peut mettre maintenant un visage sur le nom quand la voiture passe à sa hauteur. C'est un homme de taille moyenne, portant lunettes cerclées, cheveux noirs gominés en arrière. Facilement reconnaissable en tout cas.

Il suit le véhicule à vélo, traverse le pont sur la Seine. Il perd sa trace pour l'heure mais il connait maintenant le début de son itinéraire.

Romain revient le lendemain et poursuit sa filature. Il se poste cette fois de l'autre coté du pont et parvient à le suivre encore quelques centaines de mètres. Il progresse ainsi plusieurs jours jusqu'à parvenir au point final du trajet de Mr. Jacques.

Celui-ci habite dans un immeuble Haussmannien des beaux quartiers de Paris, avenue d'Eylau.

Désormais Romain va faire la planque devant cette adresse, en prenant toujours bien soin de ne pas se faire remarquer.

Plusieurs jours passent ainsi, sans résultat, jusqu'au jour où …

C'est une fin de journée. La voiture arrive et, comme à l'accoutumé, s'engage devant la lourde porte à double battant de l'immeuble que Mr. Jacques va ouvrir pour garer son véhicule dans la cour intérieure.

Mais cette fois-ci il n'est pas seul.

Une jeune femme descend de la voiture et se dirige directement dans le hall.

Romain écarquille les yeux. Il reconnait cette silhouette élancée, cette chevelure blond vénitien. Il distingue maintenant nettement les traits du visage.

Il n'y a aucun doute : c'est Lorette, la sœur d'Anne-Marie !

Romain est sous le choc. Il poursuit néanmoins sa planque, espérant secrètement avoir été abusé par sa vision.

Est-ce possible ? S'agit-il d'une malencontreuse coïncidence ? Que peut bien faire Lorette – belle-sœur de Jean-Louis – en compagnie de cet homme ?

Il ne tarde pas à avoir confirmation quand le couple ressort de l'immeuble une heure plus tard, à pieds, se tenant par la taille. Il a tout le loisir d'observer à courte distance leur comportement jusqu'au restaurant de la place du Trocadéro, quand Lorette pose furtivement un baiser à son compagnon.

Le doute n'est plus permis quant à l'identité des personnages mais Romain est plongé dans un océan de perplexité.

De retour chez Madeleine Romain va devoir lui annoncer cette découverte. Il s'entoure de tous les ménagements car il pressent la réaction que cette nouvelle ne manquera pas de provoquer.

Il contourne le sujet :

– Au fait, connais-tu bien Lorette ?

Madeleine est surprise de cette question :

– Pas vraiment. Elle vient quelquefois au repas de famille quand elle accompagne sa « petite » sœur Anne-Marie, comme elle dit. Elle est toujours assez discrète mais c'est une femme de caractère d'après ce que je sais.

Romain :

– Que fait-elle dans la vie ?

Madeleine :

– Je crois qu'elle est infirmière. Elle est venue à Paris quand sa sœur s'est mariée avec Jean-Louis. Elles sont très proches l'une de l'autre.

Un long silence traduit le malaise de Romain.

Madeleine s'en rend compte :

– Qu'est-ce qu'il y a, j'ai l'impression que tu me caches quelque chose.

Romain :

– Il faut que je te dise ce que je viens de découvrir : Lorette est la maîtresse du dirigeant de Renault dont je t'ai parlé, Mr. Jacques, celui qui désignait les Affectés Spéciaux.

Madeleine tombe des nues. Elle regarde néanmoins son frère avec scepticisme.

Romain lui raconte alors par le menu sa filature, les heures et les lieux, pour ne laisser planer aucun doute quant à la véracité de ses propos.

Après ces premiers moments de stupeur, Madeleine rassemble ses esprits, se ressaisit et laisse éclater une colère trop longtemps contenue, mais qui trouve maintenant matière à s'exprimer.

– C'est donc grâce à cette liaison amoureuse de sa belle-sœur que Jean-Louis a été Affecté Spécial ! Quel pistonné ! Quel salaud ! Il n'en a jamais parlé.

Romain s'efforce de la calmer :

– Il n'est pas certain que les choses se soient passées ainsi. On ne sait pas.

Madeleine :

– Que dira mon François quand il apprendra tout cela. Il sera effondré, lui qui va déjà si mal maintenant.

Romain tempère sa colère :

– Que comptes-tu faire ? Crois-tu nécessaire de tout déballer ; ça ne changera rien.

Madeleine ne l'entend pas. Elle est en plein désarroi et ne peut contenir sa rancœur qui a un goût de vengeance après toutes ses vaines tentatives pour faire revenir François. Peu lui importe que la situation soit désormais tristement figée ; elle en a conscience. Mais au moins aura-t-elle la satisfaction de montrer qu'elle n'est pas été bernée jusqu'au bout. Une sorte de revanche pour libérer tout le ressentiment accumulé. Plus résolue que jamais, elle confirme :

– Ah oui, je vais tout déballer ! C'est un véritable complot de famille. Je veux leur montrer que je ne suis pas dupe de leur manigance.

Elle poursuit en haussant le ton :

– Je vais bousculer leur bonne conscience et leur apprendre qui je suis !

*

* *

Le dimanche suivant, fin d'été 42, la tradition du repas dominical a été maintenue tant bien que mal chez la mère Viviane.

Quand Madeleine arrive accompagnée de Romain, ils sont déjà tous là.

Elle ne manifeste aucune nervosité ; elle est calme en dépit de la colère qui gronde en elle.

Elle est toujours l'objet de toutes les attentions pour elle-même et le bébé qu'elle n'a pas amené avec elle cette fois, confié à sa concierge.

Comme à l'accoutumé elle donne lecture de la dernière lettre reçue de François.

Il y fait part de nouvelles difficultés de santé : il aurait un ulcère à l'estomac. Les conditions de vie deviennent de plus en plus difficiles ; son moral est au plus bas. Cette tonalité ne lui ressemble pas.

La mère Viviane ne peut retenir ses larmes :

– Mon pauvre François, il faut qu'il soit bien mal pour nous dire tout ça !

Après quelques vaines paroles de réconfort, évoquant une fois de plus l'évolution du conflit et l'espoir d'une fin prochaine à laquelle personne ne croit vraiment, Madeleine reprend la maîtrise de ses émotions, recouvre son sang froid.

Elle se lève, se met délibérément à l'écart à la surprise de tous :

– Maintenant il faut que je vous dise …

Et Madeleine dévoile la vérité qu'elle a découverte.

Elle déroule un long monologue où elle relate les faits, n'épargne aucun détail sur les démarches que Romain et elle-même ont entrepris pour aboutir à cette révélation.

Elle ajoute, laissant éclater sa colère :

– Mais j'imagine que vous étiez tous au courant de cette manœuvre pour que Jean-Louis soit pistonné.

Elle se tourne vers Jean-Louis :

– Et toi Jean-Louis, non seulement tu es un planqué mais tu n'as pas eu le courage de relever François, ton propre frère, quand la Relève te donnait l'occasion de te racheter.

C'est la consternation.

A l'évidence chacun découvre cette affaire. Les regards se croisent. Les uns et les autres font de la tête des signes de dénégation.

Même Jean-Louis prétend découvrir les faits incriminés.

Il excipe de sa bonne foi :

– Je n'ai jamais rien demandé, ajoute-t-il à voix basse. Je ne suis pour rien dans cette désignation, même si je l'ai acceptée.

Il est désemparé. Pâle comme un linge il se tourne vers sa femme.

Tous les regards se portent alors vers Anne-Marie, dans ce climat pesant.

Après un long silence celle-ci déclare :

– Jean-Louis n'est pour rien dans cette affaire. C'est moi qui suis intervenue auprès de Lorette à l'époque. Je connaissais sa relation intime avec Mr. Jacques, et lui ai demandé s'il pouvait intervenir pour que Jean-Louis soit Affecté Spécial. Tout cela s'est fait à son insu ; il n'en a jamais rien su.

Elle s'explique sans pour autant chercher à se justifier :

– J'ai fait ce que toute femme aurait fait pour garder l'homme qu'elle aime, pour qu'il n'aille pas à la guerre, pour préserver son couple.

Elle poursuit :

– Cette démarche n'était nullement tournée contre François. Je n'ai rien à me reprocher.

Madeleine :

– Tu as donc mis ta sœur dans les bras de ce personnage pour pistonner ton mari.

Anne-Marie :

– Il ne s'agit pas du tout de cela. C'est beaucoup plus simple.

Elle laisse monter la curiosité de l'assistance. Chacun est désireux de comprendre et démêler l'écheveau de cette relation.

Anne-Marie reprend :

– Monsieur Jacques – Pierre de son prénom – était de notre village. Il était le fils de notre femme de ménage. C'était un jeune homme très sérieux, très bon élève, et mon père l'avait aidé à obtenir une bourse puis à intégrer une école d'ingénieur à Paris. Il ne manquait jamais de nous rendre visite quand il revenait au pays voir ses parents. Il était proche de notre famille, de mon père auquel il vouait une grande reconnaissance, et aussi de Lorette qui était de dix ans sa cadette et qu'il aidait à faire ses devoirs d'école.

Elle poursuit dans un silence attentif :

– De sorte que lorsque ma sœur Lorette est montée à Paris juste avant guerre pour s'y installer, naturellement elle le rencontra. Il était alors divorcé. Elle est devenue sa compagne depuis lors.

Elle conclut :

– Quand elle m'a appris que Pierre Jacques était un haut responsable chez Renault je lui ai demandé d'intervenir dans le sens que vous savez. Rien de plus. C'est ainsi que les choses se sont faites !

La mère Viviane intervient :

– Et Jean-Louis dans tout ça ?

Anne-Marie rétorque, sentant poindre l'angoisse de la mère inquiète de l'implication de son fils :

– Rassurez-vous Viviane. Jean-Louis n'a rien à se reprocher. Tout ceci s'est fait à son insu. Lorette n'a jamais évoqué Mr. Jacques quand elle venait chez nous, seule. Nous en étions convenues.

Madeleine reprend la parole, à l'adresse de sa belle-sœur :

– Si tu avais dit cela à ton mari en temps utile, sans doute aurait-il « relevé » son frère, pour ne pas être un planqué.

Anne-Marie :

– Peut-être. Mais alors toutes mes démarches pour le conserver auraient été vaines.

Madeleine, amère et dépitée :

– Les miennes l'ont bien été pour faire revenir François !

La consternation générale clôt les échanges. Une froide atmosphère s'installe dans la pièce.

Viviane dans un dernier sursaut de préservation de l'unité familiale obtient de Madeleine qu'elle ne dévoile pas à François cette vérité blessante. A quoi bon ajouter aux malheurs de la captivité les sentiments de trahison qu'il nourrirait à l'encontre de son frère.

– Préservons l'avenir, plaide-t-elle. Cette guerre se terminera bien un jour et tout rentrera dans l'ordre.

Madeleine quitte précipitamment la maison suivie de Romain.

*

* *

De ce jour Jean-Louis ne sera plus le même homme.

Il a été le jouet de toute cette machination. Il éprouve un sentiment d'impuissance devant ces évènements où il a été manipulé.

Durant toutes les journées qui suivent, Jean-Louis ronge son frein de remords. Il est face à sa conscience, hanté par le souvenir des années d'enfance passées continûment avec son frère – on les appelait toujours « les frangins » –, marqué par l'éducation reçue d'une mère soucieuse de souder la fratrie. Il éprouve un trouble si profond qu'il en vient même à pleurer, ce qui ne lui ressemblait guère. Pouvait-il faire machine arrière, rayer d'un trait d'humeur toutes ces péripéties qui l'accablaient et redonner sens à sa vie et recouvrer l'estime de soi ?

D'un autre côté il se disait que la page était tournée, que ce qui est fait est fait et qu'il fallait dorénavant penser à l'avenir, quoi qu'il en soit. Les résonnances du passé petit à petit s'estomperaient et les lendemains devaient être meublés de sa vie de couple. Pouvait-il faire ouvertement grief à sa femme de cet excès d'amour qui l'avait poussée à commettre ces turpitudes pour le garder près d'elle ? Il ne pouvait s'y résoudre.

Il ne se dégagea de ce dilemme qu'en choisissant – ou subissant – le repli sur soi, s'enfermant dans une sorte de mutisme.

A la passion amoureuse qui unissait Anne-Marie et Jean-Louis succéda une relation plus convenue, proche de l'indifférence.

Il déclina maintenant les invitations à sortir qu'Anne-Marie lui proposait, et passa davantage de temps avec les collègues, au bistrot ou aux matchs de foot.

Anne-Marie avait bien conscience du malaise qui minait son mari, mais pour elle l'essentiel était préservé. La séparation aurait marqué la fin du couple. Elle lui répète à l'envi. Il acquiesce, fait preuve de complaisance, voire d'affection pour cette jeune femme dont il ne peut reprocher que son excès d'amour, mais se forge à compter de ces jours la conviction qu'aimer trop c'est aimer mal.

*

* *

De nombreux mois s'écoulent à compter de cet été 1942. Les réunions de famille n'ont plus lieu. Chacun vit sur son quant-à-soi faisant face aux privations et conditions de vie toujours plus drastiques qu'imposent l'Occupation et le gouvernement de la Collaboration. D'autant plus que les Américains ont débarqué en Afrique du Nord en novembre de cette année, ce qui nourrit quelque espoir quant à l'issue finale du conflit, même si les pires heures restent à vivre, avec la fin de la zone dite libre, le déploiement de la Milice, les rafles et les déportations à grande échelle.

Puis la Guerre a connu enfin l'évènement qui en a changé le cours : l'opération Overlord tant attendue et le débarquement des Alliés en Normandie du 6 juin 1944.

*

* *

Quatrième partie

La Libération

25 Août 1944. « *Paris brisé, Paris martyrisé, mais Paris libéré !* »

Jean-Louis est présent place de l'Hôtel de Ville pour entendre de Gaulle enfin débarqué après les troupes alliées et parvenu dans la capitale.

Jean-Louis y est venu avec son copain Marcel, lui qui disait toujours : « Moins on produira mieux ça vaudra ! »

Depuis quelques jours les chaînes sont à l'arrêt total chez Renault.

Les Réseaux internes de Résistance et les organisations extérieures à l'entreprise se sont retrouvés dans les Forces Françaises de l'Intérieur (FFI).

Marcel dévoile à Jean-Louis toute l'action secrète qu'il a menée. C'est un vrai titi parisien qui parle avec gouaille de son action comme d'un bon tour que l'on joue à l'ennemi :

– Tu sais que je suis un passionné de photos. Alors je me suis mis dans un Réseau qui envoyait à Londres les clichés que je prenais des bombardements ou des mouvements de troupes.

Jean-Louis :

– Tu dois me prendre pour un poltron d'être resté dans mon coin à faire le boulot des boches ?

Marcel :

– Penses-tu. Pour nous tu étais une bonne couverture puisque tu étais bien vu des kapos, et on était souvent avec toi ! Et puis tu as bien défendu le copain qui avait trafiqué la pointeuse, rappelle toi.

Il ajoute sur un ton comminatoire :

– Mais maintenant il faut que tu nous rejoignes.

Jean-Louis reçoit cette injonction comme une véritable bouffée d'oxygène, un appel à l'action qui soulèvera la chape de mauvaise conscience qui le mine et l'enferme dans un état de dépendance qui ne pouvait se justifier que par l'amour exclusif de sa jeune et possessive épouse. Qui plus est, ne pas répondre à cet appel de Marcel constituerait une fois de plus une dérobade insupportable à ses propres yeux. Recouvrer l'estime de soi est sans doute la meilleure façon d'aimer autrui, de prodiguer alors un amour sans ombre ni tache à Anne-Marie.

Dès lors il va participer activement à la Libération de Paris où les combats font rage dans la capitale.

*

* *

Dès le lendemain, dans un Paris en pleine révolte, assoiffé de liberté, l'occasion lui est donnée de s'illustrer. Il quitte la maison de Meudon dès potron-minet sans en avertir Anne-Marie ; se dirige vers les quartiers que Marcel lui a indiqués comme point de ralliement.

Alors que les Allemands dans leur retraite meurtrière tirent en aveugle sur tout ce qui bouge dans les rues de la capitale, Jean-Louis aperçoit un jeune enfant qui s'agite sur le rebord d'une fenêtre de rez-de-chaussée. Il comprend vite le risque que court le gamin d'une balle perdue ou d'un acte de sauvagerie perpétré dans la panique de la fuite.

Il traverse la rue, se précipite sur lui, le plaque sur le sol en le protégeant de son corps. Les balles sifflent autour des têtes. Lui-même est blessé mais l'enfant est indemne. Il poursuit sa course sans se faire connaitre des voisins.

Le soir même en rentrant chez lui il ne souffle mot de cet épisode à Anne-Marie. Il lui relate la désolation qui règne dans les ateliers comme si il y travaillait toujours.

Elle l'exhorte à la prudence ; l'invite même à rester calfeutrer à la maison.

– Pourquoi irais-tu là-bas ? C'est fini maintenant. Tout va redevenir comme avant. Reste avec moi. J'aime quand tu es près de moi.

Ce soir là ils font l'amour.

Le lendemain matin, aux aurores, Jean-Louis invoque une dernière nécessité du service pour quitter la maison. Il sera de retour rapidement assure-t-il à

Anne-Marie. Mais il a pris soin d'emporter un paquetage de vêtements qu'il avait soigneusement dissimulé dans le garage.

Il retrouve Marcel et le petit groupe de FFI organisé autour de lui.

– Je savais que tu viendrais, lui dit simplement celui-ci.

Dès lors Jean-Louis intègre un Comité de Libération et se mêle activement à l'insurrection des Parisiens.

Il érige des barricades, abat des arbres dans les rues de Paris pour couper la retraite des Allemands, conduit des actions à risques. L'arme au poing il débusque les derniers occupants et fait le coup de feu partout où son action peut contribuer à libérer la capitale. Il récupère des armes à l'ennemi en s'attaquant à des convois en fuite.

Il s'illustre parmi tant d'autres par sa bravoure. Il retrouve son goût pour l'action, sa vigueur au combat, sa vraie nature.

Cet engagement de la dernière heure lui procure sa propre délivrance, proche de la rédemption.

Il ne rentre pas chez lui pendant toutes ces journées chaudes du mois d'août 44.

*

* *

Anne-Marie est désemparée, sans nouvelle depuis qu'il a quitté le domicile. Elle court les mairies, les commissariats où la police s'est mise en grève pour participer à la mobilisation générale des Parisiens et à la révolte. Elle se rend sur les barricades qu'elle trouve dans sa course espérant y trouver Jean-Louis. En vain.

Dans son affolement, oubliant les querelles et les rancœurs elle se précipite même chez Madeleine qui doit savoir quelque chose, pense-t-elle. Mais il n'en est rien.

– Moi non plus je n'ai pas de nouvelle de François, répond Madeleine, cachant mal un relent de revanche qu'elle a accumulé tout ce temps.

De retour chez elle Anne-Marie trouve sous la porte une lettre sans adresse ni indication d'origine. C'est un mot de Jean-Louis qu'il a fait déposer à son domicile.

« *Mon Amour.*

Je ne pouvais pas continuer à vivre avec ce poids sur la conscience. Près de toi je n'aurais pu retrouver mon honneur qui est aussi le tien. Laisse-moi vivre ces heures où je vais racheter aux yeux de tous, et surtout de mon frère, les lâchetés dont je me sens accablé. Ne t'inquiète pas. Bientôt la paix reviendra pour le pays et pour nous et tout sera comme avant.

Je t'aime à jamais.

Jean-Louis »

Jean-Louis s'est installé avec quelques autres FFI chez Marcel, dans son garage, pour chasser les dernières poches de résistance de l'occupant.

La dureté des combats de rue n'a d'égale que sa brièveté : une semaine de grande violence, de la mobilisation générale des Parisiens le 19 août à la reddition de l'Allemagne signée le 25 aout par Von Choltitz à la gare Montparnasse. Même si les combats se poursuivent encore quelques jours.

*

* *

Mais certains aussi, dans ces temps de révolte, se consacrent sans relâche ni discernement à la traque de collaborateurs, cherchant souvent à assouvir un désir de vengeance personnelle.

Jean-Louis ne peut s'associer à cette épuration sauvage qui fait fi de toute Justice et frappe indistinctement celles et ceux que la faiblesse humaine a parfois conduit à des lâchetés.

Jean-Louis ne peut s'associer à ces exactions : femmes tondues, hommes roués de coup et livrés à la vindicte populaire.

Son écœurement est à son comble quand il reconnait parmi ces femmes humiliées la jeune serveuse d'un café qu'il fréquentait régulièrement. Certes elle était réputée avoir la cuisse légère avec la gente germanique, mais mérite-t-elle un tel traitement, pense-t-il en croisant son regard effrayé quand ils l'emmènent pour la tonte.

Lui aussi a eu son heure de lâcheté, se dit-il.

Il fait part de son désarroi à Marcel :

– Je ne peux pas me livrer à ces basses œuvres. C'est dégueulasse de s'en prendre arbitrairement à ces gens, quoi qu'ils aient fait. Il y a la Justice pour ça, et pas le lynchage.

Marcel qui connait bien l'histoire de son copain lui exprime sa compréhension.

– Tu as mieux à faire !

Jean-Louis l'interroge :

– Que veux-tu dire ?

Marcel :

– Leclerc et sa 2 ème Division Blindée sont aux portes de Paris. Il faut aller à leur rencontre et se mêler à leur marche. C'est le rôle des FFI de leur ouvrir les portes et de les accompagner, même plus loin, jusqu'au bout de la victoire, jusqu'à nos frontières.

Il poursuit avec exaltation :

– Nous devons honorer le serment de Koufra. C'est quand Leclerc a enlevé héroïquement cet oasis de Libye aux Italiens en mars 41 ; il a dit qu'il fallait « poursuivre la lutte jusqu'à ce que le drapeau français flotte à nouveau sur Strasbourg ». Nous devons y participer tu ne crois pas ?

Jean-Louis a compris. Il sait ce qu'il a à faire maintenant.

*

* *

Avec leur unité FFI, Jean-Louis et Marcel se mêlent aux troupes de la 2 ème DB, les guident dans Paris pour réduire les dernières poches de résistance allemandes et se positionner aux places stratégiques.

Les camions, jeeps, automitrailleuses et autres matériels roulants ont grand besoin de réparations et d'entretien.

Jean-Louis et Marcel n'ont aucune difficulté à se faire admettre dans un bataillon du Génie grâce à leur compétence mécanique, indispensable pour remettre en état de marche tous ces véhicules appelés à reprendre la route et le combat.

Ils se rendent au Quartier Général des FFI place Denfert-Rochereau et font part à leur capitaine FFI de leur volonté de poursuivre la lutte au sein de cette armée, jusque Strasbourg.

Leur démarche est reçue positivement ; ils sont enrôlés dans les rangs de cette Armée de Libération.

Les choses sont allées si vite, les évènements se sont tant précipités que Jean-Louis n'est pas revenu à son domicile.

Marcel s'en étonne :

– Tu ne repasses pas chez toi avant de partir ?

Jean-Louis esquive, et feint la question :

– J'ai trop de travail pour remettre en ordre tout ça ; je ne veux pas manquer le départ.

Mais il ajoute avec sincérité :

– Et puis je t'avoue que j'aurais peur de céder à Anne-Marie. On s'aime toujours autant malgré tout. Je sais qu'elle va souffrir, comme moi, de notre séparation. Mais c'est pour une bonne cause : retrouver un amour intact et une estime de soi mutuelle.

*

* *

Le lendemain, premier jour de septembre, les premières colonnes de la Division Leclerc quittent Paris pour engager leur chevauchée vers l'Est.

Jean-Louis en fait partie. Pendant trois mois il donne le meilleur de lui-même dans cette marche forcée pour la reconquête du pays.

De sa position de départ à l'arrière des unités combattantes il passe aux avant-postes au chant de la Marche de la 2 ème DB :

« Division de fer toujours en avant

Les gars de Leclerc passent en chantant »

Il est de tous les combats : la prise de Vittel, le franchissement de la Meurthe puis la chute de Baccarat, pour atteindre enfin les abords de Strasbourg, en novembre 44.

*

* *

Anne-Marie a appris dès les premiers jours l'engagement de son mari. Le trouble qui l'étreint est un mélange de douleur matinée de fierté, qu'elle ose à peine s'avouer à elle-même. Mais elle a compris et admis que son homme devait se refuser d'être ce qu'il était devenu : un planqué.

Madeleine, pendant tout ce temps suit en permanence la progression des troupes Alliées comme celle de l'armée soviétique pour anéantir les nazis. C'est une terrible attente minée par l'incertitude des combats d'arrière-garde que mènent les Allemands. L'espoir renait au vu des informations générales, bien qu'elle soit sans nouvelle de François tant que troupes Alliées n'auront pas franchi le Rhin et libéré les prisonniers.

*

* *

Mai 1945. La guerre est finie.

La mère Viviane organise le repas des retrouvailles. Elle a insisté pour que tout le monde y soit, et que soient oubliées toutes les souffrances subies par les uns et les autres dans leur registre respectif.

François est rentré de captivité. Il est faible, maigre, malade, mais il est vivant. Il pénètre dans la maison en serrant dans ses bras son enfant de quatre ans dont il vient de faire la connaissance. Mais le petit ne lui manifeste aucune affection particulière et cherche à se réfugier auprès de sa mère. Madeleine l'en dissuade en enlaçant son mari et disant à l'enfant « C'est ton papa ».

Au-delà des joies éprouvées par tous et des paroles d'accueil et d'encouragements prodiguées à François, il règne dans la pièce une atmosphère pesante.

Chacun retrouve sa place attitrée autour de la grande table, mais un siège reste vide.

Ils sont tous là, sauf Jean-Louis.

Personne ne s'assied. La mère Viviane annonce alors que Jean-Louis a été tué dans un affrontement aux abords de Strasbourg.

« *Mort héroïquement au combat* » dit la citation qui lui a été décernée, qu'elle lit en séance.

Dominant de toute sa dignité, elle ajoute en se tournant vers Anne-Marie :

– Ces jours affreux doivent être oubliés mes enfants. La famille doit retrouver son unité en dépit de la disparition de Jean-Louis. Tu es des nôtres Anne-Marie.

Sombre, de noir vêtue, Anne-Marie annonce à l'assistance qu'elle va rejoindre sa famille dans le Nord.

Enfin, en sanglots, elle annonce :

– Je suis enceinte. Je n'ai même pas eu le temps de le dire à Jean-Louis !

Elle quitte la maison pour toujours.

*

* *

Epilogue

Retour de nos jours, en 2010.

Fabrice Deldon est revenu voir Anne-Marie, sa mère, après avoir démêlé l'écheveau.

Une année environ a passé. Elle est maintenant très affaiblie et ne vaque plus guère que du lit au fauteuil et du fauteuil au lit.

En voyant son fils elle cligne des yeux d'un air complice en arborant un sourire d'apaisement. Elle sait qu'il sait maintenant.

L'homme à la soixantaine lui prend une main décharnée en lui posant un baiser sur le front.

– J'ai tout compris, lui dit-il. Tu as fait ce que tu as cru être bon pour ton couple sans vouloir faire de tort à quiconque. Tu n'as rien à te reprocher.

Anne-Marie est soulagée :

– Tant mieux, répond-elle dans un souffle. Sache que je n'ai pas été la manipulatrice que l'on a pu croire. J'ai juste écouté mes sentiments.

Elle avait tout dit maintenant. Elle s'assoupit en soupirant un :

– Adieu mon fils.

– Adieu Maman.

Et elle partit à jamais.

*

* *

Plus tard…

On apprendra quelques années plus tard que François a vécu pendant sa captivité en Allemagne une histoire d'amour ; qu'il a eu un enfant avec la fille de la ferme où il était prisonnier de guerre.

Apprenant cela Madeleine le quittera.

*

* *

Cet ouvrage a été composé par Edilivre

175, boulevard Anatole France – 93200 Saint-Denis

Tél. : 01 41 62 14 40 – Fax : 01 41 62 14 50

Mail : client@edilivre.com

www.edilivre.com

Tous nos livres sont imprimés
dans les règles environnementales les plus strictes

ISBN papier : 978-2-332-70666-9

ISBN pdf : 978-2-332-70667-6

ISBN epub : 978-2-332-70665-2

Dépôt légal : mai 2014

Imprimé en France, 2014